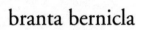

branta bernicla

pascal guillet

branta bernicla

roman

verticales

Les personnages et situations de ce récit sont imaginaires.
Fort heureusement. Toute ressemblance avec des personnages
ou situations existant ou ayant existé ne saurait être que fortuite.
Cela ne se passe pas ainsi. Ne vous inquiétez pas. Tout va bien.

à ma sœur

Lundi

1

En 2002, un baril de pétrole valait 24 dollars. Il en valait 40 en 2004 et puis 146 au mois de juillet 2008. En 2009, il en valait à nouveau 40, avant d'en valoir 80 en 2010.

Mon métier est de regarder le prix d'un baril de pétrole monter et baisser et puis monter encore. Je suis d'ailleurs payé pour me forger une opinion sur ce que le prix d'un baril de pétrole va faire demain ainsi que les jours suivants.

Si vous me demandez mon avis sur le sujet, je vous répondrai quelque chose. La plupart des gens avec lesquels je travaille aussi vous répondront quelque chose. Peut-être l'inverse toutefois. Mais peu importe. La vérité de toute façon, c'est que personne n'en sait rien. C'est une règle relativement universelle au demeurant, personne ne sait ni ne connaît rien à rien, mais tout le monde adore faire semblant de savoir.

Alors si vous me demandez ce que je pense du baril de pétrole, je prendrai un air sérieux et vous dirai que cela dépend des taux directeurs de la FED et de ceux de la BCE. J'affirmerai que cela dépend également des chiffres de PPI, CPI, PMI et des GDP américain et européen. Sans oublier les Chinois qui ont leur mot à dire aussi.

Je n'en sais trop rien encore une fois. Pourtant j'ai une opinion tranchée sur la question. D'ailleurs, j'ai des opinions tranchées sur de nombreux sujets. Et puis bon, souvent, j'ai raison.

Aujourd'hui, nous sommes lundi. Je suis assis à mon bureau. Mon chef vient d'arriver. Il ne s'est rien passé durant le week-end et le prix du pétrole est stable.

La seule chose, c'est que j'ai mal dormi la nuit dernière. Elena n'a pas arrêté de bouger. Je ne sais pas ce qu'elle avait. C'est pénible, je trouve, de dormir à côté de quelqu'un qui n'arrête pas de bouger. C'est insupportable même, j'ai horreur de cela.

Je l'aime bien pourtant, Elena. Je veux dire, elle est gentille et tout. Elle est plutôt mignonne, elle est espagnole, elle a un boulot intéressant. Mais je n'arrive pas à dormir avec elle. Elle bouge tout le temps. Alors tandis que le système d'exploitation de mon ordinateur se met péniblement en route, je me dis qu'il serait peut-être mieux que j'arrête de la voir. Pour commencer, je ne peux pas être fatigué comme ça le lundi matin. Ce n'est pas raisonnable.

— Simon! T'as vu cet article sur les Allemands? Tu devrais le lire. Il est pas mal.

Lui, c'est mon boss. Il est toujours comme cela, mon boss. Il découvre toujours tout avec trois jours de retard et après te demande si tu l'as vu toi aussi, ce truc incroyable qu'il vient de lire et il te conseille de le lire à ton tour. Il me tue. Vraiment. Il me tue. Seulement voilà, c'est le boss alors je ne peux rien dire.

Je peux en revanche ne l'écouter que d'une oreille. Il ne s'en rend jamais compte de toute manière. Il doit penser qu'il est trop important, intéressant ou trop intelligent ou quelque chose du genre, pour que les gens puissent ne l'écouter que d'une oreille. Ce serait bien le style de la maison – entre vous et moi.

Il continue donc de me parler des Allemands et je continue de ne pas l'écouter. Je dois arrêter de voir Elena. Elle est trop maigre et puis, je ne sais pas, elle répète sans cesse qu'elle ne veut pas avoir d'enfants. Qu'elle ne veut jamais avoir d'enfants. C'est louche, je trouve.

Bon mais surtout, je veux en avoir un jour, des gamins, alors ça ne peut pas marcher entre nous. Il faut être réaliste. On perd notre temps tous les deux.

On perd à vrai dire d'autant plus notre temps que je suis certain qu'elle ne m'aime pas, Elena. Moi non plus, d'ailleurs, je ne l'aime pas. Cette histoire, voyez-vous, ce n'est pas sérieux. C'est seulement pour ne pas être seuls, pour ne pas s'ennuyer et ne pas avoir le cafard le dimanche soir. Oui, parce que nous sommes en Angleterre ici, parce que l'Angleterre est loin de l'Espagne et loin de la France, et parce que du coup, les dimanches

13

soir ne sont pas toujours faciles ici. C'est un euphé-
misme.

Mais je me disperse. Elle bouge trop la nuit et après
je suis fatigué le lundi matin. Ça ne va pas. Cela ne peut
pas continuer ainsi, je lui dirai tout à l'heure que c'est
fini.

C'est une bonne décision. Une décision difficile mais
une décision d'adulte. Je m'en félicite.

L'article de mon boss est un article du *FT*. Le *Financial
Times*. Le *Financial Times* est la bible des gens comme
moi. Si j'avais à lire un journal, le matin, en me levant,
avec ma tasse de café chaud, dans mes chaussons et mon
pyjama à rayures, perdu dans ma cuisine, eh bien, ce
serait le *Financial Times* justement.

Le ministre des Finances allemand aurait dit, d'après
ce journal économique de tout premier plan, que le fond
EFSF n'avait pas pour vocation de soutenir les CDS des
PIGS. Il ne pense pas que ce soit le rôle de la BCE non
plus et il faudra selon lui potentiellement faire appel au
FMI.

Très bien. Ce n'est pas nouveau. Comprendre, pour
les non-initiés :

— Les Allemands en ont marre de payer les dettes
du club Med.

Le club Med. C'est ainsi qu'on appelle le sud de l'Europe ici. Alors certes, ce n'est pas nouveau mais comme
toujours, cela peut en faire stresser certains. Cela peut

même en faire changer d'avis d'autres. Et puis d'ici qu'un Américain depuis le fin fond du Nebraska y voie le signe avant-coureur de l'effondrement imminent de tout le système socio-économique européen et de son aligne- ment prochain sur un modèle libéral à outrance de type anglo-saxon, il n'y a pas des kilomètres non plus. Je ne sais pas. Il vaut mieux être sur ses gardes avec ces gens-là. Avec les Américains, je veux dire. Ils peuvent être assez dogmatiques quand ils le veulent. Et puis, ils ne sont pas tous toujours très malins non plus.

— Ça va, mec ? Bon week-end ?

Benjamin vient d'arriver. Il est le plus jeune de l'équipe, il a vingt-cinq ans et ce n'est pas un adulte encore.

Il continue :

— T'as vu les Allemands, mec ? Ils ne sont pas contents, hein ? C'est chaud !

D'expérience, lorsque tout le monde te parle du même truc, ce n'est en général pas bon signe. Tu es même censé avoir des alarmes et des voyants rouges qui s'allument dans tous les sens lorsque tout le monde te parle de la même chose. Il faut faire vraiment gaffe.

to watch out for

À 11 heures, tous les lundis matin, et donc ce lundi matin-là aussi, on fait avec l'équipe ce que l'on appelle un « trading meeting ». Grosso modo, l'équipe se réunit dans une petite salle et chacun dit ce qu'il a à dire. Et puis si quelqu'un veut faire quelque chose, il en fait part aux autres. Comme cela, tout le monde est au courant.

Et aussi parce que ça t'évite de faire n'importe quoi.
Je veux dire, il faut te justifier et argumenter et tout ça.
C'est pas mal, je trouve, comme système.

— Bon, les mecs (mon boss). Vous avez vu ce truc
avec les Allemands ? Ça rigole plus. Vous en pensez quoi ?
Simon ?

Merde. C'est à moi.

— Oui, euh, j'en sais rien. Tout le monde parle de ça.
Ce n'est pas nouveau pourtant. Je veux dire, je ne suis pas
certain non plus que ce soit le plus important. Le monde
entier n'arrête pas d'imprimer du fric dans tous les sens.
Les Japonais, les Brésiliens, les English, les Ricains. Les
seuls à ne pas le faire, c'est nous, les Européens, alors à
mon avis, les Allemands, là, ils essayent simplement de
faire peur. Pour que l'euro ne s'apprécie pas trop. Histoire
de protéger leurs exportations. Mais moi, ça m'étonnerait
bien que le pétrole suive cette fois-ci. Et puis avec les
Chinois et les US qui repartent et les BRIC, le pétrole,
c'est du solide. Les gens adorent cette histoire de Chinois
de toute façon. Nan, pour moi, on va plus haut. On va
beaucoup plus haut même. J'ai envie d'acheter un peu là.

— Benjamin ?

— Ouais. Bah ouais. C'est vrai qu'il y a la Chine.
Pas faux.

— Tom ?

Tom est un type qui bosse avec nous depuis Singapour.

— Yep. Agreed. There is China.

Il n'est jamais très bavard, Tom, en général.

— Simon ? (mon boss à nouveau).

— Quoi ?

— Tu veux en acheter combien du pétrole ?

— Je ne sais pas moi. 1 000 lots ?

— Ok. 2 000. On verra bien. C'est vrai qu'ils nous font chier avec l'Allemagne. Et puis, il y a la Chine. C'est quoi ton stop ?

piss us off

Mon stop, c'est le niveau auquel je revends tout, au cas où je me serais planté. (Oui, parce que cela m'arrive une fois sur deux en fait. Pile ou face, si vous voulez.)

— Euh. 94 ? Nan. 92. *ready or fails*

— 92 ? C'est ton stop ?

— Yep.

— Ok.

Voilà.

C'est comme ça que j'ai acheté 2 000 lots de pétrole, un lundi matin. Ce n'est pas tant que ça, au fond. Mais bon, ce n'est quand même pas mal, pour un lundi matin. Surtout si tu as mal dormi la veille.

Pour vous donner une idée, eh bien c'est 2 millions de barils, 84 millions de gallons ou encore 312 millions de litres de pétrole. C'est 5 super-tankers. C'est aussi la consommation de la France entière pendant un peu plus d'une journée. Tout cela acheté en trois minutes par un seul homme sur, oui, disons-le, une espèce de coup de tête.

C'est un volume honnête, présenté comme cela. Mais moi, vous voyez, je n'y crois pas à toute cette histoire sur l'Allemagne. Je ne sais pas ce que les gens ont avec l'Allemagne depuis quelques jours. Ça m'énerve. C'est du flan, si vous voulez mon avis. L'important, c'est la Chine. Et les États-Unis. Mais surtout la Chine. Alors bon.

Au pire, je revendrai tout à 94 si j'ai tort.

Non, 92, on a dit finalement.

On est à 98 là, au fait.

Allez, c'est parti.

2

Il est l'heure de manger. Tu as l'embarras du choix dans la City lorsqu'il s'agit de manger. Comme à peu près partout, tu as l'option classique : des pâtes, une pizza, un steak. Tu as aussi des sandwichs en tous genres, dont évidemment le sandwich au roastbeef (comme son nom l'indique, très english). Mais surtout dans la City, tu as tout ce qui est cuisine pour jeune cadre dynamique. Vous savez, la cuisine bio, un peu sophistiquée et prétendument équilibrée. Les sushis par exemple. Ou les pains sans gluten, les salades que tu confectionnes toi-même, les gaspachos et autres soupes au poireau et falafels sur leur lit de chou rouge et blanc. Et j'en passe.

Le problème, c'est que je ne sais jamais, du coup. C'est une espèce de choix cornélien. Vraiment. Enfin, je trouve.

Petit détail qui peut avoir son importance : nous sommes lundi. Les sushis sont d'ordinaire déconseillés le lundi. À cause du week-end, le poisson risque de ne pas être frais.

— What's up, man?

On me pose la main sur l'épaule. Je n'ai pas besoin de me retourner. Il est midi. C'est Nick the Greek, notre trader blé.

Tous les jours, voyez-vous, à 12 heures précises, Nick the Greek revient de la cantine avec son burger et tape sur l'épaule de tout le monde.

Comme vous l'aurez deviné à son surnom, Nick the Greek est grec.

— Not much, mate. You? Encore un burger today?

— Yep, man. Got to feed the beast.

«The beast» c'est lui. La bête. À sa décharge, la description que Nick the Greek fait de lui-même est assez juste. Il n'est pas très grand. Plutôt costaud. Il est solide. Trapu. C'est une belle bête quoi.

C'est un bon gars aussi, Nick the Greek. Je vous reparlerai de lui plus tard. La seule chose vraiment, c'est qu'il est extraordinairement déprimant de le voir manger le même burger tous les jours. Il ne prend pas de tomates, il ne prend pas de salade, pas d'oignons, juste deux tranches de pain de mie, un steak haché brûlé et gras, des tonnes de ketchup, et cela, j'insiste, tous les jours.

Merde. Je prends le risque. Je vais me chercher des sushis. Au moins, les sushis, c'est à moitié sain. Et puis au pire, ils ne seront pas frais.

— Fuck it!

Je suis parti.

Oui, «fuck it!», c'est bien les sushis. J'attrape mon

manteau, mon portefeuille et fonce, irrésistible, d'un pas décidé vers le Wasabi d'à côté (une chaîne de take-away japonais).

«Fuck it!», c'est ce que je dis en général lorsque je prends, comme cela, une grande décision. J'en suis déjà d'ailleurs à ma seconde prise de décision rondement menée depuis le début de la journée. Avec mes 2 millions de barils de pétrole. J'avance.

C'est ça, voyez-vous, la vie d'un trader. Prendre des décisions fortes, au bon moment, et ce sans trembler, après avoir dûment analysé et pesé le pour et le contre.

Je sors du bâtiment, traverse la rue, il faudra que je me bouge aussi pour Elena, je choisis une barquette de sushis – je choisis toujours la même, c'est facile –, paye et repars.

Lorsque je reviens, rien n'a bougé. Le pétrole est à 97,9 dollars. Les marchés actions sont inchangés. Il en est de même pour l'euro.

Par contre, il y a un type de la BoE, la Bank of England, qui doit parler bientôt. Il doit dire si oui ou non ils vont monter leurs taux directeurs.

Cela est relativement anodin à l'échelle du Monde. Cela est profondément insignifiant au niveau de l'Humanité. Avec des majuscules tout cela. Pour la livre sterling, en revanche, c'est une décision très attendue. S'ils montent les taux, la livre s'envole face aux autres monnaies. Inversement, s'ils ne font rien, elle risque de s'effondrer. Et cela nous concerne tous plus ou moins parce que nous sommes payés en livres sterling et parce que les économies de beaucoup sont restées en livres sterling aussi. Alors sur le floor, on attend la décision avec impatience.

Le «floor», c'est ainsi que l'on appelle la salle dans laquelle on nous a parqués, comme des animaux, assis devant nos ordinateurs.

La décision tombe. Les taux sont inchangés.

— Fucking communists!

Nick the Greek.

— Fucking communists!

Il est tout rouge.

— C'est tout le temps pareil. Putain, y en a marre de vivre dans un pays de communistes de merde! Et en plus, on paye 50 % d'impôts. Mais putain! Enculés! Y en a marre! Et ils viennent de monter la TVA. Fuck!

Nick the Greek s'étrangle de colère. Son idée, c'est que les gens de la BoE ne montent pas les taux d'intérêt parce que de nombreuses familles anglaises ne pourraient plus rembourser leurs emprunts immobiliers s'ils le faisaient. Bref, selon lui, c'est une décision qui favorise les pauvres (ceux qui s'endettent pour accéder à la propriété), au détriment de sa propre personne. Il n'a pas d'emprunt immobilier lui. Il n'a pas besoin d'emprunter pour acheter, vous comprenez. C'est donc bien un coup monté de ces enculés de communistes.

Ce qu'il dit après n'a en revanche plus aucun sens. Alors je ne peux pas vous l'expliquer. C'est simplement la rancœur d'un type qui est trop payé et qui doit rendre un peu de ce qu'il reçoit et qui n'aime pas cela parce qu'il trouve cela injuste – pas d'être trop payé bien sûr, mais de devoir rendre un peu de son argent.

Nick the Greek a une peur maladive des communistes, voyez-vous. Ils sont derrière à peu près tout ce qui le contrarie. C'est surprenant. Peut-être est-ce parce qu'il est grec. Je ne sais pas. Il y a encore beaucoup d'anarchistes et de types d'extrême gauche en Grèce, alors ce doit être cela. Il a dû être traumatisé lorsqu'il était petit. Le pauvre.

— Bloody fucking communists !

— Bon, ta gueule maintenant !

Mon boss intervient.

Il peut se le permettre, parce que c'est le boss. Ça donne envie d'être boss, je dois dire.

Nick the Greek continue de ruminer dans sa barbe. Il est rouge encore. J'ai un peu de peine pour lui. Cela ne se voit peut-être pas là, mais c'est un bon gars au fond. Je vous le disais plus tôt.

Pour commencer, Nick aime le sport. Il adore le foot et il sait tout sur les principaux championnats de foot européens. Alors j'aime bien parler de foot avec lui. Et puis, c'est un bon trader blé surtout. Il est vraiment très fort sur le blé. Il connaît bien ce marché. Il connaît les gros producteurs, les grosses régions de production, les cycles des moissons, les conditions de stockage, les coûts de transport, les mécanismes d'exportation, ceux d'importation et les habitudes de consommation. Je ne sais pas où il a appris tout cela, mais oui, il est fort Nick the Greek, lorsqu'il s'agit de blé.

Ce n'est simplement pas quelqu'un avec qui j'irais au théâtre ou déciderais d'aller voir une exposition d'art moderne. Mais je veux dire, ce n'est pas sa faute non plus. On ne peut pas tout aimer. Il aime le foot déjà. C'est pas mal, je trouve. Il suffit de ne pas écouter son avis sur les communistes et de ne pas se mettre en tête l'idée saugrenue de partager une sortie culturelle avec lui. Et tout va bien. Ce n'est pas si compliqué que ça, au fond.

97,5 dollars.

Fait chier. Ce con de pétrole baisse. Il faut que j'arrête de le regarder.

Je me lève et sors fumer une cigarette. Je repense à Elena. Elle va me manquer dimanche soir prochain. C'était tout de même sympa de la voir le dimanche soir. D'habitude, on se faisait un petit resto et puis on allait au ciné et on rentrait chez moi et on discutait et on faisait l'amour avant de s'endormir. Enfin. Elle dormait et bougeait. Moi, je ne dormais pas et c'était bien le problème. Mais au moins j'avais fait l'amour et c'était toujours cela de pris. Uniquement le dimanche soir, par contre.

Pour comprendre, encore une fois, il faut avoir vécu

à l'étranger. Les dimanches soir peuvent être terribles lorsque l'on est à l'étranger. On est bien content d'avoir quelqu'un avec qui les passer, ces putain de dimanches soir. Mais bon. Cela n'empêche, je vous l'ai déjà dit, notre relation n'allait nulle part. Je perdais mon temps. Elle perdait son temps. Je crois que c'est mieux de laisser les choses là. On va tous les deux pouvoir aller de l'avant maintenant.

— Dude!

Rodrigo.

Rodrigo est un de nos vendeurs. Il est italien. Un vrai Italien, il est de Naples et il revient noir, brûlé chaque fois qu'il part quelque part en vacances. Il revient de vacances justement. Il est noir. Il a dû passer des heures au soleil. Cela fait bizarre, presque mal, de le voir dans cet état. Je me demande comment l'on fait pour être autant bronzé. C'est napolitain, paraît-il. Je ne sais pas. Je ne suis jamais allé à Naples.

— Ça va? Bien les vacances?

— Dude, c'était incroyable! Il a fait beau, il a fait beau, mais il a fait beau!

Oui. Je l'avais deviné à son teint. «Dude» c'est une espèce d'américanisme. C'est assez cool de dire «dude» tout le temps. C'est un peu comme notre «mec» en français. Mais en beaucoup plus branché. Surtout si tu n'es pas réellement américain. Et puis surtout si tu as un accent italien et gesticule comme un Italien quand tu parles anglais.

— Dude! Sérieusement. Barbaados! Tu dois y aller. C'est incroyable. Et les filles! Les filles, dude, les filles!

Rodrigo peut être d'un enthousiasme fatigant, parfois. Mais je l'aime bien. Sa joie de vivre a quelque chose de contagieux.

— Barbados?

— Si si, dude. Barb-aaaaaa-dos!

— Ahah. Ok, ok, j'y penserai la prochaine fois.

— Mais dude, attends, c'est pas tout! Demain, j'ai des clients qui sont là. Les types, ils viennent de Madrid. Dude, ils gèrent tout le hedging d'Aberdrolu, tu sais, le preeeemier producteur d'électricité espagnol. Ils sont gros, les types. Ils sont très gros! Pourquoi tu viendrais pas au dîner, hein? Oui, pourquoi tu viendrais pas?

— Demain? Moi?

— Si, domani! Ça serait top si tu pouvais venir. Ça les mettrait en confiance, dude. Regarde, on dîne ensemble et puis on passe au Stringfellow et puis on rentre. Pas trop tard. Ni vu ni connu. Incogniiito!

Le Stringfellow est une boîte de strip-tease. C'est probablement la meilleure de Londres. Les filles sont incroyables au Stringfellow. J'ai fini ma cigarette.

— Ok.

— Perfecto dude! Ça va être sympa, tu vas voir! À domani!

Et il s'en va. Une vraie tornade, ce mec. Pas pour rien, si vous voulez mon avis, que Jean Cocteau disait des Italiens que ce sont des Français de bonne humeur.

97 dollars.

J'ai perdu 2 millions de dollars depuis ce matin. Deux millions de barils qui perdent chacun un dollar, cela fait, oui, déjà 2 millions de dollars.

Ça va vite ces conneries, tiens.

On y est allés un peu fort. Merde. Ce n'est pas très malin.

Mon boss me tape sur l'épaule lorsque je me rassois à mon bureau. Il sait que je n'aime pas perdre de l'argent. Ça me sape le moral de perdre de l'argent. Je déteste ça.

— On dirait que les Américains ne voient pas cette histoire d'Allemagne d'un bon œil.

— Nan.

— T'inquiète pas, va. Rentre chez toi, plutôt. Il y a peu de chances que cela s'améliore d'ici ce soir de toute manière.

— Ouais. Je sais. On a peut-être acheté trop tôt. Fait chier. Bon mais cette nuit, il y a les chiffres chinois. On va voir. Allez. See you tomorrow. Je vais à la gym.

— Enjoy, mec.

Il est fort mon boss. Il n'est pas arrivé là par hasard. Il paraît qu'il a gagné une fortune pendant la première guerre du Golfe. Il avait vu le coup venir avant tout le monde, avait acheté pas mal de pétrole et le prix s'était envolé. Ça fait longtemps maintenant qu'il est dans le métier. Il sait comment les choses fonctionnent et ne se ment pas sur le fonctionnement de celles-ci.

Et puis encore une fois, il y a les chiffres chinois qui vont tomber pendant la nuit. Cela ira mieux demain. Je leur fais confiance aux Chinois. Un milliard de bonshommes qui sortent de la misère brusquement et qui s'achètent des voitures et des télés et des réfrigérateurs et des iPads, cela doit bien doper un peu la consommation de pétrole tout de même.

Non ? Vous en pensez quoi vous ? Je trouve que c'est un pari raisonnable.

3

Il n'est que 4 heures de l'après-midi lorsque je sors de ma banque. À l'entrée du métro, je prends l'*Evening Standard*. L'*Evening Standard* est un journal qui ne sort que le soir. D'où son nom.

La plupart du temps, il n'y a rien ceci dit dans ce journal. Parfois, ils ont tout de même des photos de stars et des ragots sur ce que ces dernières, les stars, ont fait le week-end ou la veille. Cela fait passer le temps de lire l'*Evening Standard*. Mais surtout, tout le monde le lit en rentrant du travail, alors il faut bien faire comme tout le monde.

Comprenez-moi, cela n'est pas strictement nécessaire, de faire comme tout le monde. Mais c'est mieux. C'est tout ce que je dis. Autrement tu risques de ne pas savoir des choses que tout le monde sait, et après tu passes pour un type pas cool. Et tu ne veux pas passer pour un type pas cool. C'est inutile d'avoir ce genre de réputation. Surtout dans mon métier. Autant lire l'*Evening Standard*, vraiment. Il est gratuit en plus.

Un joueur de Chelsea a couché avec la femme de l'un de ses coéquipiers. Il y a une photo de la victime consentante. Elle est sublime. C'est moche de se faire un coup pareil entre coéquipiers. Bonjour l'ambiance sur le terrain après. Les supporteurs sont déçus.

Une chanteuse a été vue à Paris au bras d'un acteur américain. Ils sont certainement ensemble. C'est le nouveau couple sensation du show-biz. Ils sont beaux, jeunes, riches, connus, rien n'est confirmé toutefois mais plusieurs magazines people US soupçonnaient déjà quelque chose. La photo renforce leurs doutes. Affaire à suivre. Intéressant.

Je ferme le journal. Encore cinq stations. Je l'ouvre à nouveau et cherche les pages sportives. Arsenal a une nouvelle fois raté l'occasion de se rapprocher de Man U en tête de la Premier League. Un joueur de Man City s'est amusé à lancer des fléchettes sur les jeunes du centre de formation depuis les fenêtres d'un bâtiment du club. Le coach est furieux. Le joueur s'est excusé. Personne n'est blessé. La Fédération anglaise de football ouvre une enquête après qu'un joueur vedette de Liverpool a été impliqué dans une rixe d'ivrognes dans un pub de la banlieue de la même ville. Un joueur de Man U a couché pendant dix ans avec la femme de son frère. C'est pire que de se taper la femme de son coéquipier, tiens.

Merde.

Un brin désabusé, je jette le journal à côté de moi, sur un siège libre. Je vais envoyer un texto à Elena. Ce sera au moins une bonne chose de faite.

Salut, j'espère que ça va.

Pour dimanche prochain, je vais pas pouvoir.

Je suis désolé.

Je crois qu'elle comprendra.

Je regarde le texte qui s'affiche sur mon téléphone portable. La ponctuation est bonne (très important, la ponctuation lorsque tu écris un texto – trop de ponctuation, et tu passes pour un guignol). Je n'ai pas mis de smiley. C'est bien, cela fait plus sérieux et donc plus en accord avec le message que je veux faire passer. Seul problème, le ton est peut-être trop sec. En même temps, je veux lui faire comprendre que je ne souhaite plus la voir.

J'hésite entre finir par « . » ou finir par « … »

Pénible dilemme.

Je relis le texte.

Comment les gens faisaient avant que les téléphones portables et les textos existent ? Il aurait fallu que je l'appelle. Notre conversation aurait été maladroite. Cela aurait été un mauvais moment à passer. Un véritable cauchemar. Courageux comme je suis, j'aurais presque dû rester avec elle, rien que pour éviter d'avoir à l'appeler. Je suis bien content que l'on ait inventé les téléphones portables, tiens.

Maintenant je veux dire, tu as les textos, les chats,

la messagerie Facebook, tu peux prendre une photo et l'envoyer en une seconde à qui tu veux pour lui faire partager l'extraordinaire tranche de vie que tu es en train de vivre. Tu communiques, tu gardes le contact, tu commences une relation, pour l'arrêter, il suffit de ne plus répondre ou bien d'écrire trois lignes. C'est facile. Mais avant? Quelle galère ce devait être. J'ai du mal à imaginer en fait.

Mais je digresse. Trois stations ont passé déjà et je suis presque arrivé. J'appuie sur *Envoyer*.

J'espère qu'elle ne va pas mal le prendre.

Je ferme les yeux, m'étire et m'installe plus confortablement sur mon siège. C'est bien. Ou au moins mieux. Je pense que c'est une sage décision.

J'habite à South Kensington. Pour aller et revenir de la City, je prends la District Line. C'est la ligne verte du métro londonien. Celle-ci est souvent en panne, mais du coup, l'avantage, c'est qu'elle n'est jamais trop bondée. Les gens ne lui font pas confiance, voyez-vous. Tu as donc souvent de la place assise, ce qui est pratique si tu n'es pas pressé. C'est un «service public» hors de prix à l'anglaise.

Soit dit en passant, South Kensington est l'un des quartiers les plus huppés de Londres. Il est infesté de banquiers, consultants et autres avocats d'affaires. C'est là aussi que se trouve le lycée français Charles-de-Gaulle.

Ce n'est en somme pas un quartier déplaisant. Sauf

si tu n'aimes pas les belles voitures bien sûr (Jaguar, Porsche, Maserati et Ferrari notamment).

Mon portable vibre.
ok
C'est tout. Juste « ok ».
Elle s'en fout.

Je vous avais prévenus, cette fille me fait peur. Elle est encore plus indépendante qu'un mec. Si toutes les femmes deviennent comme ça, nous allons avoir un problème, nous les hommes. Je vous le dis. Elles vont prendre le pouvoir. Elles ont plus de volonté que nous. Elles sont plus manipulatrices, plus fines psychologues, plus fortes de caractère. Elles vont nous bouffer. C'est bien simple. Nous bouffer. Nous n'avons aucune chance, nous sommes foutus.

Rien que de voir à quel point mon texto la laisse indifférente, cela me fait douter, par exemple. Je regrette déjà ce que j'ai dit. Merde. C'est malin. Je ne sais plus.

Enfin, le seul point qui est clair maintenant, c'est que c'est elle qui mène notre « relation ». Ce n'est pas moi. Cela a toujours été elle en fait. Je ne sais pas ce que je m'étais imaginé. Elle n'est la victime de personne et surtout pas la mienne, si je la laisse, elle me remplacera sans peine, je peux bien faire ou dire ce que je veux, elle s'en moque, il ne faut pas que je m'imagine qu'elle est faible. La rapidité et la brièveté de sa réponse sont censées me rappeler tout cela et, au cas où je ne l'aurais pas encore bien compris, me le faire comprendre une bonne fois pour toutes. Nan mais.

Message reçu.

J'ai peut-être commis une erreur.

Bon, je verrai bien. Ce n'est pas très grave non plus. Au pire, il n'est pas trop tard pour rattraper le coup. Quelque part même, notre relation ne commence que maintenant. On va au moins arrêter de se mentir et de perdre notre temps. Ou bien l'on se sépare définitivement, ou bien l'on se donne la peine tous les deux de s'investir un peu, de se construire un avenir et peut-être qu'un jour, je ne sais pas, on se verra et on ne sera pas dimanche mais lundi et on sera un véritable couple et ce sera extraordinaire.

J'y réfléchirai plus tard par contre. Pour être honnête, je ne suis plus très sûr de ce que je veux tout de suite. Je suis certain d'ailleurs qu'elle non plus, elle ne sait plus très bien ce qu'elle veut.

4

Les vestiaires sont sans aucun doute ce qu'il y a de plus désagréable dans une salle de gym. Enfin, mis à part le fait en soi d'être dans une salle de gym, évidemment. Y a toujours des mecs à poil dans tous les sens. Ils transpirent. Ils puent. Ils sont moches, gros, gras, ventrus, maigres, musclés, ils font les beaux. C'est insupportable.

Je me change en vitesse. Devant moi, un type torse nu se regarde dans la glace. Il prend des poses de bodybuilder et observe ses muscles. Il est content de lui, malaxe son biceps droit, malaxe son biceps gauche, fléchit les bras, se penche un peu, bombe le torse, sourit. À ses côtés, un pote à lui se met de la gomina dans les cheveux et parle dans une langue que je ne comprends pas. Du grec. Ou du portugais. Ou du russe. J'en sais rien.

Le mec aux cheveux gominés sort à peine de la douche. Il a une serviette blanche autour de la taille. Il se tourne un peu pour se regarder de profil. Puis de l'autre côté. Il recommence à travailler ses cheveux. L'autre contracte

35

ses abdominaux et se caresse le ventre. Il se contemple fixement dans la glace et prend l'air d'un dur.

Un peu plus loin, un vieux se tient nu, debout. Il fait semblant de lire je ne sais pas quoi sur son portable. Il est juste content d'être nu.

Putain. Vivement l'été. Je pourrai aller courir dehors, dans un parc, je me changerai chez moi au moins et je serai tranquille.

Hop, je finis de lacer mes chaussures, je sors des vestiaires, je monte sur un tapis, branche mes écouteurs, appuie sur deux ou trois boutons, règle la vitesse, la durée, choisis une chaîne de télévision (CNN) et c'est parti.

Je commence.

L'avantage de cette salle de sport, c'est que je peux regarder les informations pendant que je cours. Du coup, elle est un peu plus chère que les autres, cette salle de sport, mais cela est justifié, je trouve. Je ne suis de toute façon pas à une dizaine de pounds près.

Sur la machine à côté, une grande Suédoise court à grandes enjambées. Elle est en sueur. Un corps de rêve, bronzé, short rose, T-shirt blanc moulant. Il y a ça aussi. Les filles sont belles ici. C'est une salle de gym de luxe et va savoir pourquoi, les filles sont toujours super sexy dans les salles de gym de luxe. C'est une règle universelle. D'après mon expérience au moins. Alors ils pourraient multiplier le prix de l'abonnement par dix, que je viendrais tout de même ici. S'il n'y avait pas ce problème de vestiaires, je serais là en été aussi d'ailleurs.

La Suédoise ne fait pas attention à moi. Elle regarde un documentaire animalier. Mais ce n'est pas grave, je pense à mes 2 millions de barils de pétrole. Je me demande ce qu'ils sont en train de faire. Les Chinois ont intérêt à être bons cette nuit. Sinon, eh bien, je perdrai de l'argent et serai de mauvaise humeur.

Le premier reportage est sur Dubaï. Ils montrent des tours, des centres commerciaux vides. Ils disent que la crise a durement touché la ville, que beaucoup de projets sont abandonnés. La station de ski artificielle dans le désert ne marche pas aussi fort que prévu.

Surprenant.

Le tapis tourne plus vite maintenant. Je souffre. Mais je ne peux pas le montrer parce que la grande Suédoise d'à côté, elle, continue à courir fort. Sur son écran, des icebergs fondent et des ours blancs ont l'air tristes. Elle court plus vite. Elle fronce les sourcils. Cela n'a pas l'air de lui plaire que les glaces fondent et que les ours blancs soient tristes. Je la comprends ceci dit, c'est rageant.

En face de moi, les tours de Dubaï sont vides. Je suis essoufflé. Je ne suis après tout pas au meilleur de ma condition physique. Je ne suis plus aussi jeune que cela et puis je bois beaucoup d'alcool aussi. Je commence à avoir un point de côté.

11 km/h. C'est beaucoup. Enfin pour moi, c'est

beaucoup. 430 calories de brûlées si je tiens ce rythme une demi-heure. J'accélère. 12 km/h. 480 calories. C'est écrit sur mon compteur en épaisses lettres noires digitales. 12,19 km/h et 486 cal pour être précis.

Allez, encore un petit effort.

Breaking News!

Le reportage sur Dubaï est interrompu, des CNN rouges et bleus volent dans tous les sens, un présentateur apparaît à l'écran, il est assis derrière une table et tient plusieurs papiers à la main. Il a l'air sérieux. Mais il est bronzé et il a les dents très blanches. Derrière lui une icône apparaît avec en sous-titre :

Troubles en Tunisie.

La Suédoise continue de courir, devant des pingouins maintenant. Elle s'est détendue, les pingouins sont en famille et ont l'air heureux.

Sur mon écran à moi, les Tunisiens sont en colère. Un jeune homme s'est immolé par le feu il y a quelques jours. On ne lui laissait pas vendre ses fruits et légumes en paix et le pays entier en a soudain assez. Les gens sont hors d'eux, les manifestations grossissent, les voitures brûlent et l'on n'est pas certain de la façon dont le gouvernement va réagir.

La Suédoise, elle, s'en moque. Tout en souplesse, elle sourit parce que devant elle, un bébé ours blanc suit sa maman dans la neige. Devant moi, des insurgés anti-

Ben Ali déchargent leurs fusils en l'air. Je m'arrête d'un coup.

Enfin, j'essaye de m'arrêter, car mon tapis tourne lui avec ou sans moi, je me précipite sur les boutons pour le ralentir. Je manque de me casser la figure. La Suédoise fronce les sourcils et me jette un coup d'œil réprobateur.

Je viens de penser à un truc. Si la Tunisie s'enflamme, cela va déstabiliser toute la région. C'est bon pour le pétrole que j'ai acheté aujourd'hui! Les gens vont avoir peur et le prix va s'envoler et j'aurai eu raison!

J'essaye tant bien que mal de reprendre mon souffle, j'appuie sur mon ventre là où mon point de côté me fait mal. Je réfléchis.

La Suédoise marche maintenant. Elle boit une boisson énergisante jaune fluorescente et ses longues nattes blondes dansent dans son dos au rythme de son pas assuré et supérieur. Elle a fini, elle aussi.

Ma course m'a épuisé. Vidé. Mais ce n'est pas grave. La Tunisie prend feu et j'aurai vu juste et serai riche!

Ha!

Contrairement à ce qu'il peut paraître, mon métier n'est pas totalement amoral. Je pense qu'il est peut-être bon de le préciser à ce moment-ci de mon histoire. Sinon vous allez finir par avoir une mauvaise impression de moi. Et ce serait injuste.

Je veux dire, je ne suis pas marchand d'armes non plus. Je ne suis pas un employé d'une compagnie de tabac par exemple. Ni un avocat pénaliste qui défendrait un violeur récidiviste. Ni un médecin crapuleux qui testerait ses médicaments sur des enfants malades en Afrique ou un médecin peu scrupuleux qui se moquerait du sort de ses patients. Surtout, je ne suis pas l'un de ces hommes politiques sans vergogne qui vous mentent pour accéder au ou garder un pouvoir dont ils ne savent quoi faire.

Non, je ne suis rien de tout cela. Mais oui, il est vrai que, parfois, je dois mettre un peu de côté mon «sens moral». Enfin, c'est difficile à dire en même temps : peut-être que de cette révolution et des quelques morts qu'elle provoquera, un grand bien sortira. J'aurai alors fait de l'argent et le monde sera un monde meilleur. Je n'aurai rien fait de mal. Mais je serai riche. La démocratie prospérera en Tunisie et dans d'autres pays arabes et moi, je serai moins pauvre et pourrai m'acheter un appartement cher et ainsi contribuer à ma petite échelle à la bulle immobilière londonienne.

En fait, mon métier est essentiellement d'essayer de comprendre le monde, d'essayer d'analyser un million de choses compliquées qui peuvent influencer celui-ci et de prévoir ce qu'il va se passer. Ah, et surtout, il s'agit de reconnaître mon erreur assez vite, au cas où je me serais planté. C'est ça la clé. Ce n'est pas forcément d'avoir toujours raison. (Ce qui serait impossible.) Vous savez, c'est le 92 dollars dont je vous parlais au début. Mon «stop». Le niveau à partir duquel je m'avoue vaincu.

J'aime bien mon métier au fond. Vous aussi d'ailleurs,

vous l'aimeriez bien, mon métier, si vous aviez la possibilité de le faire pendant quelques jours.

J'ai retrouvé mon souffle. La Suédoise s'est installée sur un rameur, tout le monde l'observe plus ou moins discrètement. Je la plains. Ce ne doit pas être évident pour elle, ces mecs en sueur qui la matent comme cela. Ça me mettrait mal à l'aise, moi.

Je ne sais pas.

Je vais me doucher et rentrer.

Je vous épargne cette fois-ci davantage de détails sur les mecs qui puent, qui croient qu'ils sont beaux et qui sont nus dans les vestiaires. Mais ils sont encore là. D'autres. Ou les mêmes. Peu importe. Ils se ressemblent tous de toute manière.

5

Chez moi, je m'installe. Je bouquine un peu. Je lis deux trois articles de *The Economist* – ma seconde bible, après *The Financial Times*. Ce sont des articles de fond, un peu plus poussés que ceux du *Financial Times*. Ils ont fait un numéro spécial sur la croissance brésilienne cette semaine. C'est intéressant. C'est bien fait et très documenté.

Et puis, j'allume la télé. Ils parlent du mariage du prince William et de la belle Catherine dans quelques mois, ils aimeraient bien savoir quel couturier va concevoir la robe de la mariée. Les spéculations vont bon train. Hélas le secret est bien gardé. Sacrés Britishs.

Un ami m'avait bien proposé de le rejoindre lui et ses collègues dans un pub à côté de chez moi. Mais cet ami et ses collègues sont des «investment bankers». Alors je vais plutôt rester ici.

Vous ne savez peut-être pas ce qu'est un investment banker. Il est humainement presque impossible d'être aussi con qu'un investment banker. Le stade d'après serait probablement de se jeter contre un mur, encore et encore, jusqu'à ce que mort s'ensuive. Si vous voulez. Enfin peut-être cela est-il le stade d'avant, dans l'échelle de la connerie. Je ne sais pas. C'est difficile à dire. Les deux états sont très similaires.

Ce que je sais en revanche, c'est que je ne souhaiterais pas à mon pire ennemi d'avoir à prendre des bières avec quatre investment bankers, jeunes et français, à Londres.

Pour que vous vous fassiez une idée, un investment banker est un type qui travaille dix-sept à dix-neuf heures par jour. Les samedis et les dimanches inclus. Il ne prend jamais de vacances. C'est un type qui porte toujours un costume et qui pense que la terre entière doit être admirative et reconnaissante parce qu'il travaille beaucoup et parce qu'il est impliqué dans de grosses transactions financières. Il croit qu'il fait partie d'un microcosme ultra-exclusif et sélectif et que personne vraiment ne peut comprendre à quel point il est important. Sa vie est l'accomplissement de la réussite la plus absolue. Elle est l'expression du raffinement le plus complet. Il adore les cigares et le whisky.

Le truc pourtant, c'est qu'il n'a pas de vie. Il travaille trop pour cela. Et puis il ne comprend rien à ce qu'il fait. Ce second point n'est qu'un détail ceci dit, et il est loin d'en avoir le monopole d'ailleurs.

Voilà. Après, avec les années, les motivations changent, certains ont des familles à nourrir, il est plus dur de les juger. Mais vraiment, lorsqu'ils sont jeunes, lorsqu'ils sont français et pire que tout, lorsqu'ils sortent d'une école de commerce prestigieuse, ce n'est pas possible d'être autour d'eux quand ils se retrouvent pour prendre une bière et autostimuler leur excellence présumée. Ce n'est tout simplement pas possible.

Il est hors de question que j'y aille. Plutôt crever.

Je vais rester tranquillement chez moi. J'ai de quoi m'occuper de toute façon.

La nuit dernière, c'était le « Super Bowl » aux États-Unis. Je l'ai enregistré. Je vais le regarder. Enfin. Je vais essayer.

Il n'y a rien de plus américain que le Super Bowl, voyez-vous. Il s'agit de la finale du championnat professionnel de football américain. Après la finale de la Coupe du Monde ou un match Inde-Pakistan au criquet, c'est peut-être l'événement sportif le plus suivi et le plus attendu au monde. Je dois absolument voir à quoi cela ressemble. Au moins une fois. Il faut bien vivre avec son temps après tout. Et puis c'est toujours mieux de comprendre ce qui intéresse les gens et de se faire sa propre idée. Il faut être un peu ouvert d'esprit, quoi. Cela ne peut pas faire de mal. C'est ce que l'on dit en tout cas.

Au pire, si cela se passe mal, je n'aurai jamais perdu que du temps. Mais je l'aurai de toute façon toujours moins perdu que si j'étais allé prendre une bière avec quatre investment wankers français dans un pub du sud-ouest de Londres. Alors bon.

J'ai acheté des chips pour l'occasion. J'ai même trouvé des Budweiser.

Je suis prêt.

J'ai aussi sorti du frigo un bout de saucisson et un morceau de comté. Juste au cas où. Oui. On ne se refait pas. Je sais. Mais c'est comme ça, mon pays me manque un peu, et puis mon grand-père était charcutier, vous comprenez. Il faisait le meilleur saucisson de la région, mon grand-père. Il a même gagné des prix nationaux dans les années soixante, mon grand-père. C'était un super grand-père. Alors pour moi, une bière ou un verre de vin rouge sans saucisson ou fromage, eh bien c'est tout simplement une espèce de crime abominable.

Je m'installe. Je tapote sur ma télécommande. *Lecture.* Ça commence.

J'ai raté les premières minutes à l'enregistrement et probablement déjà deux ou trois pages de pub. La caméra fait un grand tour, elle passe en revue l'ensemble du stade, il est immense, il est rempli, donne l'impression de déborder et puis brusquement, la caméra zoome, zoome encore et là au milieu de la pelouse, sur un petit podium, minuscule, Christina Aguilera.

> *Et maintenant, pour honorer l'Amérique,*
> *trois fois lauréate des Grammy Awards,*
> *Christina Aguilera !*

Je n'ai rien contre Christina Aguilera. Autant que je sache, c'est une fille bien. Mais le truc c'est que ce soir-là, sur son podium au milieu de ce stade titanesque, elle avait des grosses chaussures de prostituée, des cheveux blonds décolorés, elle était mal habillée et puis elle s'était mise à chanter l'hymne américain et elle chante l'hymne américain comme un cochon que l'on égorge. Et c'est un petit-fils de charcutier qui vous le dit.

Je m'enfonce dans mon canapé. L'image d'un cochon que l'on égorge n'est pas exagérée. Je vous assure. Je m'enfonce un peu plus.

Devant elle, sur des podiums plus petits, deux jeunes femmes dansent. Elles sont à moitié nues. Elles se trémoussent, vulgairement, sur l'hymne américain dans des combinaisons latex rose. Le paroxysme du mauvais goût.

La caméra fait un zoom arrière, elle court sur les tribunes du stade, elle court à toute vitesse et l'on sent à quel point celui-ci est gigantesque et plein à craquer. Et puis, la caméra s'arrête. Gros plan sur des soldats revenus d'Afghanistan.

La foule se met soudain à hurler. Les soldats lèvent la main timidement. Les cris redoublent. La foule est en délire. Ils lèvent la main plus haut. Hourra! Vive l'Amérique! Le stade est littéralement en fusion.

L'avantage, c'est que les Américains sont des gens simples. Ils sont prévisibles. Essayez de faire cela en France et, je ne sais pas moi, le public aurait peut-être sifflé. Là, c'était couru d'avance, quatre-vingt-dix mille spectateur, se sont mis à beugler comme des animaux enragés et à taper des pieds et chez eux, trois cents millions d'Américains ont eu des frissons dans le dos et ont levé leur Budweiser en se félicitant d'être américains. À l'étranger, plusieurs centaines de millions de personnes regrettent de ne pas l'être, américains. J'ai moi-même des frissons partout dans le corps au fond de mon canapé.

Les soldats continuent de saluer de la main, intimidés, mais fiers, la caméra reprend son chemin et se concentre à nouveau sur Christina Aguilera.

Au moment même où la truie finit d'être égorgée, alors qu'elle s'apprête à faire un signe à la foule, sa dernière note résonne encore, quatre avions de chasse de l'US Air Force survolent le stade à pleine vitesse. Dans un terrible grondement. Les drapeaux flottent et claquent au vent.

Bravo !

Gros plan sur les soldats américains.

Gros plan sur le drapeau américain.

C'est nul, peut-être, oui, c'est nul, mais qu'est-ce que c'est bien fait alors ! Soyons honnête, personne ne peut faire cela aussi bien qu'eux. Ce sont les rois du spectacle, ces bons vieux Américains. Si vous y réfléchissez un instant, un avion de chasse de l'US Air Force vole à peut-être mille kilomètres par heure, alors il faut tout même sacrément bien calculer son coup pour que celui-ci survole le stade au moment précis où le cochon finit d'égorger l'hymne national.

C'est merveilleux, je trouve.

Bon. La chanteuse s'est plantée dans les paroles. Mais j'imagine que ce n'est qu'un détail. J'avale un bout de saucisson. Les avions eux sont passés au bon moment. C'est ça, l'important.

Le match commence. Le nom du commentateur apparaît en bas de l'écran. Il s'appelle Scott Hamburger. Scott Hamburger. Je vous jure. Ça me tue.

Je ne sais pas moi, c'est un peu comme si notre commentateur de football sur TF1 s'appelait Marcel Camembert. Ou que celui de la TVE en Espagne s'appelait Mauricio Chorizo. Ce serait ridicule.

Je suis au fond de mon canapé. Mauricio Chorizo.

L'arbitre est un gros et petit bonhomme, trois fois plus petit que le plus petit des joueurs. Il a une casquette blanche. Les joueurs ont l'air de tarés à peine échappés d'un asile de tarés.

Il y en a un qui a une grande barbe noire et une petite boucle d'oreille brillante. Il a le crâne rasé et de grands yeux exorbités, un peu comme un terroriste, mais il a le crâne rasé et une boucle d'oreille et il joue au football américain dans un stade plein à craquer du Texas, alors ce n'est pas un terroriste.

Tous les joueurs blancs ont d'épais traits de peinture noire sur les joues. Comme des Indiens. Les joueurs black sont énormes. Ils font peur. Marcel Camembert donne méthodiquement leurs noms au fur et à mesure qu'ils apparaissent à l'écran.

Le match est lancé. Je ne comprends rien aux règles. Toutes les trois secondes, le match est interrompu et puis il y a deux longues minutes de pub.

Très bien. Je vais me coucher. Ça suffit.

Je suis ouvert d'esprit et tout, mais le Super Bowl, ce n'est pas pour moi. Je dois bien l'admettre. Ce sont des choses qui arrivent. J'aurai essayé, c'était une noble et louable intention, néanmoins il faut que je dorme maintenant. Je suis crevé. Les Chinois vont sortir leurs chiffres. Il s'agit d'être en forme demain.

Je repense alors à Elena, à mes millions de barils de pétrole, je me demande ce qu'ils font et ce que je dois dire à Elena. Je ferme doucement les yeux et me souviens de notre rencontre. C'était à un mariage près de Madrid. À la campagne. Elle était une amie de la mariée et moi du marié, on vivait tous les deux à Londres, on était céliba-taires, on nous a donc mis à la même table. Elle était ravissante. Pétillante. C'était le début de l'été, le cadre s'y prêtait, la musique aussi, nous étions dans l'ambiance, on nous surveillait du coin de l'œil et ça n'avait pas manqué.

C'était il y a six mois.

Je m'endors.

Mardi

1

Je me réveille en sursaut. L'alarme de mon BlackBerry sonne furieusement. Je l'éteins. Il n'y a probablement rien de plus désagréable que le bruit d'une alarme de BlackBerry. Mais il n'y a rien de plus efficace non plus. C'est une alarme stridente, agressive et dérangeante. Je ne sais pas si elle a été conçue pour, cela paraîtrait logique en fait, mais il est strictement impossible de se rendormir après avoir été réveillé par une alarme de BlackBerry. C'est un avantage probant. Je ne changerais d'alarme pour rien au monde.

Je prends ma douche. Je me rase. Je mets de la lotion après rasage, de la crème hydratante, un peu de déodorant, une touche de parfum. Je fais deux trois étirements. J'ouvre mon placard.

J'ai quarante et une chemises. J'ai précisément quarante et une chemises. Mais elles sont de deux marques uniquement. Hugo Boss et Armani. Elles sont toutes soit blanches, soit bleues, soit rayées et donc blanc ET bleu. Après, évidemment, il y a différentes épaisseurs de traits.

Donc différents dosages de blanc et de bleu et bien sûr, il y a différents tons de bleu. J'ai une chemise verte aussi. Je ne sais pas ce que j'avais le jour où j'ai acheté cette chemise verte. Ils ne devaient plus en avoir de bleue. Je ne me souviens plus. Elle détonne un peu au milieu de mes chemises blanches et bleues et je ne la mets qu'en vacances du coup. Elle m'a suivi aux quatre coins du monde.

Toutes mes chemises sont impeccablement repassées. Ma femme de ménage me demande deux pounds cinquante pence par chemise. C'est beaucoup. C'est plus que ce que demandent la plupart des femmes de ménage de Londres, mais j'aime bien la manière dont elle repasse mes chemises. Elle fait attention aux cols et ne les abîme pas. Pour rien au monde, je ne changerais de femme de ménage. C'est un peu comme mon réveil, en quelque sorte.

Je prends une chemise, au hasard, mais comme vous l'aurez compris, cela n'a pas d'importance. Dans tous les cas, le résultat sera sensiblement le même. C'est là tout l'avantage, figurez-vous.

Dans le placard d'à côté, il y a mes costumes. J'ai neuf costumes. Hugo Boss, bien sûr, mais Cerruti aussi. Gris, noirs et quelques dégradés entre les deux couleurs. Un gris anthracite par exemple. Mais pas de rayures. J'ai horreur des costumes rayés. Cela fait arrogant, je trouve, les rayures sur un costume.

Les chaussures sont en bas. J'ai quatre paires de

chaussures. C'est peu. Mes amis en ont plus. Elles sont toutes noires.

Je suis prêt.

Je pars.

Parfois je repense à *American Psycho*. Je ne sais pas. Il y a sûrement un peu de cela. La nature imite l'art parfois. C'est connu. Peut-être suis-je ainsi à cause de ce livre. Possible. Même si ce n'est pas intentionnel. Je suis peut-être ainsi parce que tout le monde autour de moi est ainsi, et tout le monde autour de moi est ainsi à cause de ce livre.

C'est un peu triste, tiens.

Merde.

Bon mais ceci dit, moi, je ne l'ai pas lu, ce foutu livre. J'ai seulement vu le film – celui avec Christian Bale. C'est un bon film, certes. Il faudrait d'ailleurs que je fasse faire une carte de visite à l'occasion. Mais je ne suis pas convaincu non plus.

Je n'ai pas encore de pince à billets, par exemple. Je n'ai pas non plus de porte-carte en cuir souple Montblanc et surtout, surtout je n'ai pas encore de montre. Et c'est bien cela, le plus important, au fond. La montre. Ou son absence, en l'occurrence. On peut conclure beaucoup de choses d'un homme, rien qu'en regardant sa montre, voyez-vous. On peut presque tout savoir de lui en fait. De sa personnalité, j'entends. Et l'absence de ce petit objet à aiguilles parle autant qu'une bonne grosse Rolex bien prétentieuse, suintant le mauvais goût et le nouveau riche.

En tout cas, cela me rassure de ne pas encore avoir de montre. Même si j'en suis conscient, celle-ci, le porte-carte, la pince à billets, les boutons de manchette et les gilets en laine bleu marine sans manches, tous, ils me guettent dangereusement. Ils m'épient. Me surveillent. Ce n'est qu'une question d'années. Tout au plus. Je suis perdu. Condamné.

Comme prévu, les Chinois ont publié leurs chiffres et comme prévu, ils sont excellents. Je l'ai vu en me réveillant sur mon BlackBerry – c'est là un autre avantage significatif de se réveiller avec son BlackBerry : tu vois tes e-mails du boulot tout de suite. À peine tu ouvres les yeux.

Tom, notre gars de Singapour, a envoyé une note récapitulative à toute l'équipe peu après leur publication. Ils sont vraiment très bons. C'est une nouvelle fantastique. Les marchés ont réagi comme l'on s'y attendait. Ils montent. Ça, c'est une chance.

Le pétrole est à 98,2 dollars ce matin. Il a effacé ses pertes de la veille. J'ai bien fait de ne pas paniquer hier et de m'être éclipsé tôt.

Dehors, le ciel est dégagé. Il y a du bleu dans le ciel. C'est parti pour être une belle journée.

Je suis d'excellente humeur.

2

Lorsque j'arrive au bureau, mes collègues sont déjà là. Il ne manque que mon boss. Mais c'est le boss. Il peut se permettre d'arriver en retard. Il est certainement encore en train de lire le *FT*, en peignoir dans sa cuisine trop grande, aux côtés de sa jolie femme et de ses deux ou trois enfants blonds et bien élevés. C'est le boss quoi.

— Morning!

Je dis cela en arrivant. C'est une sorte de raccourci décontracté pour dire « Good Morning ». Personne ne dit plus « Good Morning » aujourd'hui. C'est ringard de dire « Good Morning ».

— Morning!

— Morning, Dude!

Rodrigo. Vous l'aurez reconnu.

J'allume mes ordinateurs. J'en ai deux. Chacun a quatre écrans. Cela fait huit écrans d'ordinateur. Pour moi tout seul. Cela me permet de traiter plus d'informations de façon simultanée, voyez-vous. Mes e-mails, les cours des principaux contrats à terme de pétrole brut : le brent et le WTI notamment. Mais aussi les cours de toute une série de produits pétroliers dérivés. Le gasoil, l'essence, le kérosène, le mazout, le fuel 1 % de sulfure, le fuel 3,5 % de sulfure, le SING 180 de viscosité, le SING 380 de viscosité, etc. Je ne vais pas tous vous les énumérer non plus.

Je suis aussi les cours des marchés d'actions d'Asie, d'Europe et des États-Unis. Je regarde ce que font les principales devises du monde, les JPY, AUD, CAD, SGD, KRW, BRL, GBP, EUR et autres USD (jamais plus de trois lettres). Je regarde ce que font les taux d'intérêts court terme de toutes ces devises et ce que font les taux d'intérêt long terme de ces mêmes devises. Je suis les cours de l'or, de l'argent, du platinium, du palladium, mais aussi du cuivre, du zinc, du plomb, du nickel et de l'aluminium et ceux du blé, du maïs, du soja et du sucre et du café et du chocolat.

Je lis consciencieusement les communiqués des principales agences de presse du monde entier. Je surveille qu'il n'y ait pas de catastrophe naturelle intempestive (les inondations, sécheresses, tremblements de terre et autres cyclones). J'analyse les effets des différentes crises géopolitiques en Iran, en Afrique, en Russie, en Amérique latine. J'écoute les déclarations des Présidents ou Premier ministres japonais, chinois, australiens, européens, américains, brésiliens et russes. J'écoute ce qu'ont à dire les directeurs des banques centrales de tous ces pays.

Enfin, je dois faire attention à ce que font ou disent ou écrivent les gens dans les autres banques, dans les fonds de pensions et dans les fonds spéculatifs. Parce que ce n'est pas tant ce qu'il se passe réellement dans le monde qui compte. Mais ce que ces gens-là en pensent.

Il faut bien huit écrans pour gérer un tel bordel. Croyez-moi. Et il ne faut pas être fatigué. C'est mieux aussi si tu ne penses pas sans arrêt à Elena.

Sacrée Elena. Je ne pensais jamais à elle avant hier. Et maintenant, je n'arrête pas de me demander ce que je dois faire et ce que je dois lui dire.

99 dollars.

On passe les 99 dollars. Je souris.

Si l'on monte trop, cela finira par pénaliser l'économie mondiale, celle-ci va ralentir, la consommation de pétrole diminuera et les prix baisseront. Mais nous n'en sommes pas là. Je souris encore une fois.

Bien.

Il y a aussi des conséquences positives à avoir des prix de pétrole élevés. D'un point de vue moral, j'entends. Je vous l'ai dit, tout n'est pas amoral dans mon métier. Enfin. Pas tout, quoi. Des prix élevés forceront les gens à réduire leur consommation et cela les forcera donc à polluer moins. Et puis cela poussera l'humanité vers de nouvelles sources d'énergies plus propres et plus durables. Vous voyez, je ne suis pas le diable.

59

99,9 dollars.

On s'approche des 100 dollars à toute vitesse. C'est très bien. Il nous faut un peu d'élan pour passer les 100 dollars. C'est quand même une sorte de niveau visuel important. C'est un chiffre rond. Les traders adorent les chiffres ronds. Ils ont l'avantage d'être simples.

Je continue de sourire. Diaboliquement.

Mon boss arrive.

— Plutôt bons, ces chiffres chinois, hein!?

Il sourit, lui aussi. C'est le boss. Le succès de l'équipe est avant tout le sien.

Ce qu'il y a de plus amusant pourtant, c'est que ni lui, ni moi, ni personne dans l'équipe d'ailleurs, ne sait véritablement ce que ces chiffres chinois signifient. Ce sont les PPI, les PMI, les PI, les je ne sais pas quoi I (prononcer «aille» en anglais). Mais on s'en fout. Ils sont bons. Ils sont meilleurs que prévu et il n'y a que cela qui compte vraiment : le fait que ces chiffres que personne ne comprend soient meilleurs que ce à quoi s'attendaient les gens dont c'est le métier d'essayer de les comprendre. D'une manière ou d'une autre, cela veut dire que l'économie chinoise se porte bien et se développe plus vite que prévu.

100,50 dollars.

C'est sympa, quand même, d'avoir raison. Ça fait plaisir. C'est sympa et ça fait plaisir de savoir que peu importe à quel point le monde est compliqué et peu importe le nombre incalculable de choses tordues impliquées et imbriquées les unes aux autres, eh bien tu es tout de même capable de prendre la bonne décision au bon moment. Oui, je souris. Je n'ai pas à en avoir honte. C'est bien pour cela d'ailleurs que je suis payé autant que je le suis. Il y avait l'Allemagne. Il y avait les Américains. Les Américains pensaient que les réticences de l'Allemagne étaient symptomatiques de l'échec imminent de l'Europe entière. Ils pensaient que c'était la preuve éclatante de l'échec du concept d'Europe même et de la sociale démocratie à l'Européenne – les Américains peuvent parfois être des ânes endoctrinés et idéologiques. Et malgré tout, envers et contre tout, contre vents et marées, j'ai eu raison. Les chiffres chinois étaient plus importants que tout.

Bref. Je suis détendu. C'est ce que je veux dire.

On me pose la main sur l'épaule. Il est midi. Nick the Greek revient de la cantine avec son burger (deux tranches de pain de mie, un steak gras et trop cuit sans tomates, salade, ni oignons, souvenez-vous).

— What's up, man?

Il est drôle, parfois, ce Nick the Greek. Que veut-il que je lui réponde? Sérieusement. «Quoi de neuf?» Bah rien. Il n'y a rien de neuf depuis hier à la même heure, au même endroit. Il allait manger le même burger. Je suis resté le cul posé sur ma chaise toute la matinée. Lui aussi, il est resté le cul posé sur sa chaise toute la matinée. Il n'y a pas eu un seul match de foot joué en Europe la veille au soir. Je ne vais pas non plus lui raconter mes histoires avec Elena. Donc rien.

— Rien. You ?

— Rien.

Étonnant.

Il est déjà assis devant ses sept écrans d'ordinateur. Il en a un de moins que moi, Nick the Greek. Je suis un peu plus haut placé que lui, voyez-vous. Mon marché, le pétrole, est plus gros que le sien, celui du blé. J'ai plus d'ancienneté. Il est normal que j'aie plus d'écrans. C'est comme cela que ça marche ici.

Et c'est à ce moment-là que les choses ont commencé à aller moins bien.

*** *12.19 – La Chine augmente de 25 bps son taux de réserve.* ***

La nouvelle apparaît en rouge sur Reuters. Reuters est un service qui compile les nouvelles de toutes les agences de presse du monde, un bps est un basis point, un centième de pourcentage, les nouvelles importantes sont en rouge et tout s'écroule d'un seul coup. Les cours plongent. Les enfoirés. Tout clignote sur mes huit écrans. J'ai chaud. Je me crispe. Je souffle fort. Je respire mal. Les chiffres ont été tellement bons que les Chinois ont eu peur que leur économie ne s'emballe et ils ont décidé de la freiner et ont monté leur taux de réserve et voilà le résultat.

En gros, j'avais tellement raison que finalement, eh bien, j'ai eu tort.

C'est con quand même. Vous ne pouvez pas dire le contraire. Surtout que la situation n'a pas l'air d'avoir envie de s'arranger. Le brent tombe comme une pierre. Ou plutôt comme une pomme pourrie.

100 dollars.

99 dollars.

98 dollars.

97 dollars.

96 dollars.

Je m'enfonce dans ma chaise. C'est moche.

Merde.

Bon. En même temps, j'ai encore un peu de marge avant de m'avouer vaincu. C'est à 92 dollars. Et puis, il y a la Tunisie. Il ne faut pas l'oublier non plus celle-là. Je ne sais pas. C'est plus compliqué maintenant.

La Chine est toujours là d'un autre côté. Il n'est pas dit que le gouvernement chinois arrive à ses fins.

95,5 dollars.

Je transpire comme un bœuf. Je viens de perdre quelques années d'espérance de vie.

— Tu veux aller chercher à manger, dude?

Rodrigo.

Bonne idée, tiens. Il faut que je sorte et que je me change les idées.

Je prends mon manteau et le suis. Je vais le laisser décider du restaurant par contre. Je sens que si je m'en charge, je vais me planter. Ce n'est pas mon jour. Autant confier les décisions importantes aux autres.

— Sushis.

Et merde. Je n'aurai pas dû le laisser choisir. Mauvais choix de l'avoir laissé choisir. Non, ce n'est décidément pas mon jour aujourd'hui.

95 dollars.

Ça ne s'arrange pas. J'ai perdu 6 millions de dollars américains depuis hier matin. Ce n'est pas brillant. Il n'y a pas de quoi être fier.

3

Vers 14 heures, les cours se stabilisent. C'est une chance. L'arrivée des Américains et l'ouverture de Wall Street ne changent rien non plus. C'est une autre chance.

D'ordinaire, c'est la panique lorsque les Américains arrivent. Mais ils ne font rien aujourd'hui. Souvent lorsqu'ils arrivent, tout se met à partir dans tous les sens. On crie souvent : «les Américains arrivent!» quand les Américains arrivent. Ils achètent ou bien ils vendent. Peu importe. Mais pas aujourd'hui. Ils ne font rien aujourd'hui et Wall Street est sage. C'est déjà ça. Personne ne sait plus trop sur quel pied danser, en fait.

À 15 heures, mon boss me demande enfin ce que je compte faire avec mes barils de pétrole. Peut-être faut-il reconsidérer notre position.

Je m'y attendais. C'est normal. C'est son job. Il est censé vérifier que je ne fais pas complètement n'importe quoi. J'ai donc préparé ma réponse.

— Non, c'est vrai, la situation est moins claire. Mais on avait dit 92. Je m'y tiens. Les autorités chinoises

n'arriveront pas à freiner la croissance de toute façon.
Il est trop tard. Les «ailles» sont trop bons. Et puis, je
veux dire, un milliard de Chinois qui commencent à
faire le plein tous les jours pour aller bosser, ça ne peut
que faire monter le brent, non?

— Ok.

Il n'a pas l'air convaincu.

— En plus, on ne sait jamais ce qui peut sortir de
cette histoire de Tunisie. Si les gens commencent à avoir
peur d'une éventuelle contagion aux pays voisins et d'une
déstabilisation de toute la région, les cours vont exploser.

Je sais que c'est comme cela que mon boss s'est fait sa
réputation. En voyant la guerre du Golfe venir. Il ne sera
pas insensible à cet argument.

— C'est vrai. Ok.

Il me regarde, convaincu cette fois-ci.

— Sinon, la petite Espagnole? T'as fait quoi finalement?

Je lui avais parlé d'Elena hier avant de partir.

Il faut dire que je passe dix heures par jour avec mon
boss. Il est l'une des seules personnes avec laquelle j'inter-
agisse socialement. Alors, je ne sais pas, j'avais eu envie
de lui parler d'Elena. Il est après tout comme une sorte
de version plus âgée de moi-même, mon boss. Sous bien
des égards, au moins il l'est. Je m'étais dit qu'il aurait
peut-être un bon conseil à me donner.

Il m'avait répondu de suivre mon instinct. J'avais
trouvé cela niais, comme conseil. Mais je l'avais pris

quand même. Peut-être qu'avec l'expérience, c'est là le genre de conseil auquel on se cantonne. Avec l'expérience, on arrête de faire les malins. On se contente d'affirmer des choses simples, sages et mesurées. Je m'étais dit cela. Et je l'avais écouté.

— Euh, oui, non, je lui ai plus ou moins dit que c'était fini. Mais là, je ne sais plus.

Tout est dans le «plus ou moins». Je n'ai rien dit à Elena au fond, vous le savez bien.

— Je vois.

— Non, c'est fini.

Il me regarde d'un air circonspect.

— Ok.

Ça m'énerve les gens qui disent «Ok» sans arrêt. Ça me stresse au plus haut point.

94,5 dollars. Et puis le brent ne bouge plus.

Pendant que l'on y est, le brent, c'est le pétrole de la mer du Nord. C'est l'un des deux contrats de pétrole les plus tradés, avec le WTI. Le West Texas Intermediate. C'est aussi celui que je trade en priorité.

Son nom a quelque chose de romantique, je trouve. Il vient d'une espèce particulière d'oie sauvage. *Branta Bernicla*. Brent goose en anglais. Je ne sais pas. À une époque, Shell s'était amusé à donner des noms d'oiseaux à ses gisements de pétrole. Cela devait sembler poétique aux dirigeants de l'entreprise, je suppose. Déplacé, en cas de marée noire, mais bon, pourquoi pas, *Branta Bernicla* est toujours est-il resté.

Bien sûr, il y a des considérations plus techniques aussi dans mon choix du brent face à ses concurrents directs. Il est «cash-settled» notamment. Et il est «seaborne» surtout.

À 18 heures, Rodrigo vient me chercher.

— Dude, t'es prêt?

— Yes.

Je n'ai jamais été autant prêt. J'ai mal aux yeux d'avoir toute l'après-midi regardé sur mes huit écrans un truc ne pas bouger d'un poil. J'ai envie de boire des bières, de me défouler et j'ai envie de voir Rodrigo convaincre des Espagnols de faire affaire avec nous.

Ça promet.

Rodrigo parle espagnol parce que sa femme est colombienne. Je parle moi espagnol parce j'aime bien faire la fête en Espagne et parce que j'aime bien les petites Espagnoles. Comme Elena par exemple. C'est la seule manière d'apprendre une langue, de toute manière. Je veux dire de coucher avec elle.

4

Les émissaires d'Aberdrolu arrivent au bureau. Ils sont plutôt jeunes. Ils ont une trentaine d'années. Rodrigo leur a donné rendez-vous à la banque pour innocemment leur montrer là où nous travaillons. Cela impressionne les clients, en général, de voir ces grandes allées bordées de milliers d'écrans d'ordinateur. C'est très efficace. Cela leur fait croire qu'ils sont dans de bonnes mains. Dans des mains expertes.

Imaginez une salle grande comme une dizaine de terrains de tennis, quadrillée de longues rangées de bureaux identiques et chacun avec entre trois et dix écrans sur lesquels des millions de chiffres, noirs s'ils sont positifs et rouges s'ils sont négatifs, défilent de manière ininterrompue. Tous les vingt mètres, il y a aussi des télévisions pendues au plafond et les informations continues de CNN, de CNBC, de BBC News ou de Fox News.

Les clients ont l'impression que nous savons ce que nous faisons lorsqu'ils découvrent les lieux. Cela marche à chaque fois. Cela sape leur confiance en eux, leur fait comprendre à quel point nous sommes puissants, informés, organisés et efficaces, leur fait toucher du doigt le monde qui nous sépare et les incite donc à s'en remettre aveuglément à nous.

Malin.

S'ils savaient.

Aujourd'hui, comme à chaque fois et comme tous ceux qui les ont précédés, les invités de Rodrigo sont impressionnés. Rodrigo fait des blagues pour détendre l'atmosphère et leur faire caresser l'idée que s'ils devenaient nos clients, toute cette puissance organisationnelle étalée là sous leurs yeux ébahis serait mise à leur service. Elle serait un peu la leur, ils seraient un peu chez eux ici, nous travaillerions d'arrache-pied pour eux, on leur propose un café. On les met à l'aise.

— ¡Joder!

— ¡Si tío, flipas!

Les Espagnols sont sous le charme. Ils arrivent à mon bureau. Rodrigo nous présente.

— Simon. Notre trader pétrole. Simon gérera votre position. Il est bon. C'est le meilleur sur le marché aujourd'hui. Croyez-moi.

Je leur serre la main en souriant. Je me suis fait blanchir les dents pour améliorer mon sourire américain. Je suis bon en sourire américain maintenant.

— Simon va venir avec nous ce soir. Bon, laissons-le, il est très occupé. On a fait pas mal de grosses transactions ces derniers temps avec pas mal de noms prestigieux. C'est le meilleur, Simon, je vous le dis. He is the best.

Ils s'en vont.

Lorsqu'ils sont assez loin, je me remets à lire *L'Équipe*. Ils passeront me prendre dans vingt minutes pour aller au pub. Il faut juste que je fasse semblant d'être occupé en attendant.

L'Équipe, c'est bien pour cela.

Mes systèmes d'information et de trading sont en veille sous cette précieuse page Internet. Au cas où.

5

Quinze minutes plus tard, nous sommes au pub. Cela aussi marche assez bien avec les clients étrangers. Je veux dire, de les emmener dans un pub de la City, rempli de gens en costume avec des chemises blanches, bleues, roses, rayées, des cravates et des chaussures noires ou marron. Ils ont l'impression d'être dans une espèce de film, de vivre une autre vie et d'être subitement devenus des gens importants. Ils adorent ça. Ils ont suivi un lièvre majordome et son horloge et sont tombés dans un trou au pied d'un arbre et se retrouvent soudain au pays des Merveilles. Les oies sauvages sont des contrats à terme de pétrole, les adultes s'affairent et sont stressés et pressés, ils ont de longs parapluies noirs, ils parlent une autre langue, les pubs ont des siècles et leurs moulures féeriques sont en stuc Art déco. Les Espagnols sont perdus. Cela marche à tous les coups.

— ¡Joder, tío, que fuerte!

Je peux comprendre, ceci dit. Pour commencer, ça les change de leur routine habituelle. Et puis ils sont loin de leurs femmes, ils sont avec leurs collègues dans un pays lointain et ils sont en train de vivre une vie de gens qui brassent des millions. Que dis-je, des milliards. C'est humain, j'imagine, de trouver cela excitant. C'est masculin, à défaut d'être humain.

On prend une pinte de bière – c'est un demi-litre de bière environ. 0,568 pour être précis, lorsque l'on parle d'une pinte anglaise. On en prend une seconde, ce qui fait un litre, et enfin une troisième, ce qui nous fait un litre et demi de bière en un peu moins d'une heure. Nous mangeons trois chips aussi. Elles sont bonnes les chips en Angleterre. Les Kettles. Ce sont les meilleures. Surtout celles au sel marin et poivre noir. Un délice.

Il n'y a que des hommes dans ce pub-ci. Il n'y a pas une seule femme. Nous sommes au cœur du centre décisionnel de l'Europe. Il y a tellement de testostérone dans l'air que celui-ci en est presque irrespirable.

— ¡Joder, tío!

«Joder, tío», cela veut dire quelque chose comme «Putain, les mecs» en espagnol.

On parle de football, du Real Madrid (prononcer «Madri», sans le d), de la Coupe du Monde – qu'ils viennent de gagner et là, ils sont vraiment contents. Ils seraient prêts à signer d'importe quoi en fait.

Facile.

On file ensuite au restaurant. Rodrigo a réservé une table dans un des restaurants japonais de la ville. Les restaurants japonais sont les plus huppés de Londres. Je veux dire, tu ne manges pas de simples sushis dans ces restaurants japonais-là. On te sert des trucs de fous dans ces restaurants japonais-là.

— Six bœufs wagyu.

Alors attention, un bœuf wagyu est un bœuf spécial. C'est un bœuf que l'on a massé tous les jours pendant toute sa vie. On l'a privé d'exercice et on lui a fait boire de la bière. Ce sont les bœufs les plus chers du monde. Si vous voulez tout savoir, ils viennent en fait d'une lignée riche en Oméga 3 et en Oméga 6 et la structure marbrée de leur chair améliore leur ratio en lipides mono-saturés.

Si.

Les bœufs wagyu ne peuvent provenir que de trois régions du Japon seulement. Kobe, Mishima et Matsusaka.

Je vous jure.

— En entrée, nous allons aussi prendre six tartares de saumon au caviar, six langoustes au foie gras et un assortiment style Izakaya.

Rodrigo est toujours très sérieux et autoritaire lorsqu'il commande.

Il y a un petit astérisque à côté du terme « style Izakaya ». Il renvoie à une note explicative en bas du menu plastifié.

Style Izakaya : les plats sont designés pour être partagés ou pour être dégustés individuellement.

J'insiste sur le mot « designés ». De « design ». S'il vous plaît.

C'est très bien tout ça. Soit tu les partages, soit tu ne les partages pas, les mets d'un assortiment Izakaya. Ils gardent le même goût. C'est dingue. Ils sont très forts, ces Japonais.

Le restaurant a deux étoiles au Michelin. Mais contrairement à d'autres restaurants étoilés, celui-ci présente l'indéniable avantage de mettre les prix sur toutes les cartes. Les clients des gens comme Rodrigo sont ainsi au courant de ce qu'on dépense pour eux. Un bœuf wagyu coûte 100 pounds par exemple. Et un saumon au caviar coûte 30 pounds. Et cætera...

— ¡Joder, tío, que fuerte!

Là, en fait, ce n'est plus qu'ils adorent, les Espagnols. Ils sont aux anges. Jusqu'alors personne ne les avait jamais traités ainsi. Je veux dire, j'aime beaucoup le chorizo et Dieu sait à quel point un bon jamón serrano est délicieux, mais c'est vrai qu'une vache massée tous les jours et élevée à la bière, eh bien, c'est tout simplement meilleur.

Je me demande bien, d'ailleurs, comment ces sacrés Japonais ont pensé à masser leurs vaches. Et puis surtout comment ont-ils pensé à leur faire boire de la bière? Ils sont vraiment très forts, ces Japonais, je me permets d'insister.

On commande un Saint Émilion, on boit de l'eau de glacier millénaire fondu. On finit par un whisky.

Je ne m'y connais pas très bien en whisky, mais c'est vrai qu'il est bon celui-ci. Enfin, il peut l'être, bon, pour 150 pounds le verre. C'est tout de même beaucoup d'argent pour un verre de whisky. Je ne sais pas. Ce n'est pas moi qui paye, alors peu importe, j'ai envie de dire.

Et puis, on file au StringFellow.

On est ronds comme des ballons. Je regarde mon téléphone en chemin. C'est une espèce de réflexe. Je regarde toujours mon portable lorsque je me lève, lorsque je sors de quelque part ou lorsqu'une coupure quelconque me fait soudain réaliser que cela fait longtemps que je ne l'ai pas regardé.

Je crois que nous faisons tous cela, en fait. C'est une maladie, si vous voulez mon avis.

J'ai un appel en absence.

Julien

Pas de message.

6

Les plus belles filles de Londres sont au StringFellow. Contre la modique somme de quelques dizaines de pounds, elles sont sur toi et elles sont nues comme des vers. De très jolis vers de terre, évidemment.

Par contre, tu ne peux pas toucher les plus belles filles de Londres lorsqu'elles sont nues sur toi. Ce n'est donc pas de la prostitution. Enfin, j'imagine.

Toujours est-il que n'étant pas officiellement de la prostitution, ceci est important, ce n'est pas là quelque chose que tu n'aurais pas le droit de faire avec tes clients. Au contraire, il est même très élégant de faire cela avec ses clients. C'est très distingué. Je vous assure. Très sophistiqué. Les hommes qui vont au StringFellow sont tous des gens bien, des gens importants, des gens éduqués et riches. Ce sont des hommes modernes et métropolitains. Ils ne tromperaient a priori pas leurs femmes, enfin pas tous, mais ils ne voient rien de mal à venir ici, de temps en temps, entre collègues ou avec des amis, pour des occasions spéciales. Comme une signature de contrat,

un EVG, un anniversaire ou un divorce. Par exemple.
La liste des occasions spéciales est infinie en fait.

On appelle d'ailleurs les endroits comme le String-
Fellow des «gentleman club». S'il vous plaît.

Les filles au StringFellow ne te donnent jamais leur
véritable prénom par contre. C'est une sorte de règle
d'or. Une danse dure environ cinq minutes. Les filles
te crient «Hands off!» si tu essayes de les toucher. Tu
n'as pas le droit de les toucher. Elles ne sont pas censées
non plus te donner leur numéro de téléphone si tu leur
demandes.

La plupart sont des étudiantes. Elles font cela pour
payer leurs études, leur appartement ou tout simplement
leur train de vie, leurs habits, va savoir, tout ce dont une
fille moderne peut avoir besoin. Il n'est pas évident en
fait de trouver un métier qui paye aussi bien. Les plus
jolies filles du StringFellow gagnent largement autant
d'argent que la plupart des hommes qui viennent les
voir. Pour preuve, une amie à moi qui est conseillère
financière vient de se spécialiser dans le conseil aux strip-
teaseuses et aux banquiers. Ce sont, voyez-vous, les deux
professions qui rapportent le plus. Les strip-teaseuses
et les banquiers sont les seuls à avoir trop d'argent à
Londres.

— HANDS OFF!!

Juan a mis les mains sur sa strip-teaseuse. Il nous
regarde béat. Il sourit tel un bienheureux. Juan est le
plus jeune. Il n'a que vingt-six ans.

— HANDS OFF, I SAID !!

Il enlève ses mains. Il continue de sourire tel un bienheureux. Sa strip-teaseuse n'est pas contente. Mais elle continue sa danse. C'est son job. Lui est saoul comme un cochon.

Je me suis éloigné du groupe. Je n'aime pas qu'on me regarde quand je regarde une fille danser nue sur mes genoux. Je pense à Elena. Fait chier. Elle a le don de me pourrir la vie, elle, depuis hier.

Olga enlève son soutien-gorge, ses seins sont énormes et fermes comme des obus staliniens. Peut-être faut-il que je me batte un peu et que je convainque Elena de s'investir elle aussi dans notre relation. Je veux dire, je ne peux pas non plus la faire aller plus loin tout seul, cette putain de « relation ». Il faut bien être deux à un moment ou à un autre. Elles sont chiantes, ces filles, à être devenues indépendantes comme cela. Olga colle ses fesses contre ma tête et enlève son string. Sainte Russie. Elle se retourne, écarte les jambes, je lui demande d'où elle vient, elle est ukrainienne. Ah. Mon Dieu. Bon, je ne sais pas pour Elena. Olga continue de danser, mon Dieu, je déglutis difficilement, quel pays la Russie, non l'Ukraine, c'est merveilleux, et Olga s'arrête.

— Une deuxième danse, s'il te plaît.

Olga sourit. Ce n'est pas son véritable prénom, Olga.

— You like me?

Les strip-teaseuses, comme toutes les femmes, aiment

savoir qu'elles plaisent. Ce sont des filles comme les autres, après tout.

— Yes, yes, s'il te plaît.

Et c'est reparti pour cinq minutes.

— Kiev?

— Yes. Toi, chéri? Paris?

— Oui. D'origine.

Elle colle ses fesses contre mon sexe.

— Ça fait longtemps que tu vis ici?

— Oui.

J'ai du mal à me concentrer, elle le voit. Elle se retourne et fait danser ses cheveux sur ses seins à la hauteur de mes yeux.

— Oui, ça fait cinq ans.

— Ah, tu t'appelles comment?

— Simon.

Je donne moi toujours mon véritable nom aux strip-teaseuses du StringFellow. C'est une question de principe. Comme cela, tout n'est pas faux dans notre discussion. Cela me rassure un peu en quelque sorte.

— Tu fais quoi dans la vie quand tu n'es pas ici?

— Pourquoi tu veux savoir?

— Ça m'intéresse.

Elle est assise sur moi et se frotte contre moi.

— Étudiante, honey.

— En quoi?

— Je ne te dirai pas.

— Allez.

— Non.

— Tu es belle.

— Merci.

Autant dire que je ne pense plus à Elena. Je ne pense plus non plus à mes barils de pétrole. Je ne pense à rien en fait. Mon sang alimente autre chose que mon cerveau.

Je n'ai pas honte parce que j'ai trop bu déjà. J'aurai sûrement un peu honte demain, par contre. Je veux dire quand l'effet de l'alcool se sera dissipé et quand je repenserai à ce soir et à Olga. Mais ce n'est pas sûr non plus.

Je ne sais pas. On verra bien. Et puis il y a Julien qui a essayé de m'appeler. C'est bizarre ça. J'avais presque oublié. Il ne m'appelle jamais d'ordinaire. Il est mon meilleur ami, mais il ne m'appelle jamais. C'est ce qui arrive, lorsque vous vous exilez à l'étranger. Si vous voulez rester en contact, c'est à vous d'appeler tout le monde.

Olga a fini. Je lui demande de me faire une troisième danse. Elle sourit. Elle est flattée. Et puis j'ai arrêté d'être lourd et d'essayer de lui parler, alors elle est plus détendue. Son métier est un peu moins pénible maintenant.

Ce qui m'inquiète en revanche, c'est que chaque fois que Julien m'a appelé dans le passé, cela a été pour m'annoncer quelque chose de grave. Ou bien quelque chose de solennel. La première fois, c'était ses fiançailles. C'était grave. La seconde, son mariage. Solennel.

Et aujourd'hui, c'est la troisième fois seulement, en six années que je vis ici, qu'il se donne la peine de tapoter mon numéro sur son téléphone. Ce doit être grave et solennel. En fait, je n'ai pas envie d'entendre ce qu'il a à me dire. Mais alors pas du tout. Je ne suis pas prêt. Les énormes seins d'Olga sont écrasés contre mon visage et ils sentent bon. Ils sont gros et fermes et doux. Je ne veux pas entendre ce que Julien a à me dire.

Je veux que l'on me laisse tranquille.

Mercredi

1

J'ai mal au crâne. Mon BlackBerry sonne furieusement. Je l'éteins. Je vérifie mes e-mails. Le pétrole est un peu remonté, il traite à 95,80 dollars maintenant. Ça n'en finit jamais cette histoire. J'ai un e-mail de Rodrigo. Les Espagnols sont aux anges. Ils travailleront avec nous.

— Ils sont on board, Dude !

C'est ça, son e-mail.

La soirée a été un franc succès. C'est bien. J'avale un cachet d'aspirine, me douche, me rase, mets ma lotion après-rasage, mets ma crème hydratante, titube, choisis une chemise, un costume et des chaussures noires, au hasard tout cela, et je pars.

C'est une prodigieuse nouvelle que ces gens-là soient «on board». Cela signifie que j'ai fait du bon boulot. Je suis content. Aberdrolu est un client de prestige, la réputation de la banque en sortira renforcée. Il est primordial, voyez-vous, de gagner comme cela de nouvelles parts de marché et de nouveaux clients. C'est excellent pour la franchise. Et les Américains adorent le concept de franchise (prononcer « franchaillze », en mettant l'accent sur le « aillze »).

Les grands chefs de la banque n'ont d'ailleurs que ce mot à la bouche lorsqu'ils nous font de beaux discours pour nous motiver. Il paraît que l'on a une bonne franchaillze chez nous. Il paraît que les clients y sont sensibles et que c'est un avantage concurrentiel indéniable. Ils nous disent que cela aide à gagner de nouveaux clients (comme hier soir), ce qui à son tour aide à améliorer notre franchaillze. C'est une sorte de cercle vertueux implacable.

Très important de l'entretenir.

Le mot franchaillze est alors accompagné soit du qualificatif « great » (bonne, grande), soit du qualificatif « strong » (forte). Notre franchaillze, c'est notre nom, notre réputation, notre marque de fabrique en quelque sorte. En tant qu'employé de notre institution financière, tu n'as qu'un seul et unique devoir : œuvrer à la protection voire l'amélioration de la franchaillze. Si tu fais quoi que ce soit pour l'endommager, tu te fais virer. C'est simple. Tu ne touches pas à la franchaillze. Hands off.

Hier, par exemple, en me bourrant la gueule avec des clients espagnols, en bouffant de la vache religieusement massée par une armée de Japonais en kimono et en regardant danser des filles de l'Est nues et épilées comme des bébés, j'ai contribué à améliorer la franchaillze de

ma banque. Je suis un employé modèle. Et vous savez
ce que cela veut dire chez nous. Vous l'avez vu dans les
journaux. Cela se traduira par une sorte de compensation
financière à la fin de l'année. Un GROS BONUS.

C'est génial. J'adore mon métier.

2

Lorsque j'arrive au bureau, tout le monde est déjà là. Sauf mon boss, bien sûr, qui lui lit le *FT* dans son peignoir dans sa cuisine trop grande avec sa femme blonde et ses enfants beaux et bien élevés. Il a une vie sympa mon boss. Mais c'est le boss, encore une fois. C'est normal. Il l'a méritée, quelque part.

— Dude, merci, t'as été bon hier.

Rodrigo.

— Anytime.

Je m'assois. Oui, quand il veut, je remets ça. Le seul problème en fait, c'est que j'ai encore mal au crâne. Je n'aurais pas dû boire autant. Les deux verres de vodka que j'ai pris avec Olga étaient de trop, par exemple. Je le saurai la prochaine fois. Ne pas prendre de shot de vodka avec une strip-teaseuse ukrainienne après une heure du matin.

La bonne nouvelle en revanche, c'est que je n'ai pas honte. Enfin, moins honte que je ne le craignais. Et surtout moins honte que les fois d'avant. C'est bien. Je «progresse». Je commence à m'y faire, en quelque sorte. Pas sûr évidemment que cela soit une si bonne nouvelle que ça, mais je préfère ne pas y penser. Et puis, c'est mon problème de toute manière. Je n'ai pas besoin que l'on vienne me donner des leçons et encore moins que l'on se permette de me juger.

Typiquement d'ailleurs, c'est pour cela que je ne suis pas pressé de rappeler Julien. Il est mon ami, mon plus vieil ami, celui que je connais depuis le plus longtemps, nous avons pour ainsi dire grandi ensemble, oui, mais je ne sais pas. Nous étions ensemble à l'école primaire déjà, pour vous donner une idée. Nous allions en vacances, l'été, ensemble en Bretagne chez mes parents ou en Espagne chez les siens. Nous avons commencé à sortir le soir, dans des pubs et en boîte ensemble, nous avons connu nos premières filles ensemble. Nous avons même été amoureux de la même fille. Marie. La star du lycée. Nous nous sommes au fond en grande partie construits en tant qu'adultes ensemble et pourtant je ne suis pas sûr de vouloir le rappeler.

Il est médecin, vous comprenez. Nos vies ont en quelque sorte pris des chemins «différents». Il est déjà marié. Il a un beau métier. Il soigne les gens, sauve la veuve et l'orphelin, il est utile en un mot. Il est posé. Installé. L'exemple académique de la réussite convention-nelle. Mais j'ai deviné ce qu'il cherche à m'annoncer, là, avec son petit coup de téléphone innocent et anodin du mardi soir et je ne veux pas qu'il me le dise.

Écoutez, c'est simple, je vais l'ignorer. Je n'ai pas envie

d'entendre l'exposé de sa vie parfaite. Je n'ai pas envie d'entendre sa voix se troubler, peinée mais digne et attentionnée lorsque je lui répondrai que j'ai vu les seins d'Olga hier et que j'étais saoul. Je n'ai pas envie de subir sa modestie compatissante et encore moins le poids de sa gentillesse.

C'est bon, j'ai compris, il est heureux, il a un métier épanouissant, oui, il va bientôt être papa, eh bien, je ne veux pas le savoir, pas aujourd'hui. Et puis je ne veux surtout pas que la vieille amitié qui nous lie me fasse douter. Je ne veux pas douter, voyez-vous. Ni me sentir jeune comme avant, lorsque nous étions proches tous les deux et lorsque tout était encore possible. Non, je ne l'appellerai pas.

Voilà.

Et pensez de moi ce que vous voulez. Je m'en fous.

96,9 dollars.

On continue de remonter. Il ne faut pas que je perde non plus de vue ce qu'il se passe sur les marchés financiers. Je demande autour de moi si l'on sait pourquoi l'on remonte. Mais personne ne sait. Il y a la Chine, la Tunisie, l'euro qui reprend du poil de la bête face à l'USD. Tom, à Singapour, n'a rien signalé d'anormal. La Chine est toujours là, coincée entre la Russie, l'Inde, le Tadjikistan, le Vietnam, la Mongolie et tous les autres. C'est rassurant, cela au moins.

Tom, pendant que l'on y est, est déjà reparti chez lui. Il a une vie sympa celui-là aussi, à Singapour. C'est vrai ça. Il est tranquille là-bas. On lui fiche une paix royale.

En fait, on a tous une vie sympa, maintenant que j'y pense. Il n'y a pas que mon boss.

Je m'assois, prends une autre aspirine et me mets à lire quelques articles traitant des grandes questions du moment.

Le premier sur lequel je tombe parle des risques de contagion de la révolution tunisienne aux pays voisins. Il est intéressant. Les risques sont jugés élevés. C'est bien pour moi. Un autre analyse les grands déséqui- libres économiques mondiaux, entre les pays développés et ceux en voie de développement : les histoires d'excé- dents commerciaux, de déficits budgétaires, de balances des paiements, de taux de change et tout ce genre de trucs. C'est compliqué. Un troisième se demande si le monde est entré en phase d'inflation ou de déflation. Les économistes sont divisés à ce sujet. Les gens dans les banques centrales aussi. Il est difficile de se faire une idée. Et puis je lis *L'Équipe*.

Les stats des matchs de la veille sont intéressantes. C'est la journée de championnat qui a vu le plus grand nombre de buts marqués depuis 1992. 41 buts! Ahurissant.

Je me lève et pars prendre un café et reviens m'asseoir à côté de Nick the Greek.

— Alors qui va gagner la Premier League, à ton avis, Nick, Man City, Chelsea ou Man U?

Encore une fois, j'aime bien parler de football avec lui. Je veux dire, il est calé en football. Il connaît l'âge de tous les joueurs par exemple. Il connaît aussi les différents clubs dans lesquels ils ont chacun évolué par le passé, les titres qu'ils y ont remportés, le montant de leurs transferts, celui de leurs salaires mensuels et la durée de leurs contrats. C'est une véritable encyclopédie footballistique, ce bon vieux Nick the Greek.

Deux autres types se joignent à nous. On discute une bonne demi-heure. Ce n'est peut-être pas très productif en tant que tel, certes, mais cela n'abîme pas non plus la franchaillze de notre banque, alors on ne fait rien de mal au fond.

Midi.

Nick the Greek va chercher son burger trop cuit et ses deux tranches de pain de mie sans tomates, ni oignons, ni salade. Il me tue.

Lorsqu'il revient, je lui demande ce qu'il se passe avec les cours du blé. Après tout, la révolution en Tunisie a en partie commencé à cause de cela. L'augmentation incontrôlée du prix du blé. Si je veux qu'elle s'exporte, il faut que les prix des denrées alimentaires restent élevés.

— Yep, ce sont les Chinois, ça.

Ils ont bon dos quand même ces Chinois, vous ne trouvez pas ? Ils sont dans tous les coups depuis le début. Ils n'en ratent pas un.

— Bah, un milliard de Chinois qui en ont marre de
ne manger QUE du riz, matin, midi et soir pendant toute
leur vie, ça fait exploser la consommation de blé, non?
Par voie de conséquence, le prix du blé augmente. C'est
logique. Et il n'y a pas que le blé. Ils se mettent à manger
de la viande aussi. Il faut nourrir les animaux qu'ils
mangent. Il faut donc planter du maïs et il reste moins
de place pour planter le blé. Enfin bref. C'est l'horreur.
On n'est pas sortis de l'auberge.

Nick the Greek est un grand spécialiste de foot, certes,
mais aussi de blé, de maïs et de soja. Et puis son argument
est pertinent. Il a surtout l'avantage d'être simple. La
révolution tunisienne va s'exporter. Je peux dormir sur
mes deux oreilles.

— En plus, il a fait un temps de merde en Russie
cet été, il a fait un temps de merde dans le Midwest
américain, il fait un temps de merde en Australie et en
Europe. Les stocks mondiaux sont au plus bas.

— Bullish, quoi.

— Ouais, super bullish, mec.

Bullish, ça vient de «bull». Taureau en anglais. Un
marché est soit bullish, soit bearish. Bearish, de «bear»,
l'ours. Un marché bullish est un marché qui monte
– parce que le taureau donne des coups de cornes en
bougeant la tête du bas vers le haut. Un marché bearish
est un marché qui baisse – parce qu'un ours, lui, donne
des coups de griffes en bougeant la patte du haut vers
le bas.

Oui, je vous l'ai déjà dit, il faut des concepts simples pour que les gens en finance comprennent ce qu'ils font. Et puis plus c'est imagé, mieux c'est. Taureau. Ours. Ours. Taureau. Ha.

— Les Américains arrivent!!!!!!
Un mec vient de se lever comme un diable sort d'une boîte et tout rouge, comme un diable rouge qui sort d'une boîte, il répète en hurlant :
— Les Américains arrivent!!!
Merde. Je n'avais pas vu l'heure. C'est l'ouverture de Wall Street. Je me précipite à mon bureau. Les cours se sont soudain mis à monter en flèche. Tout est vert sur chacun de mes huit écrans d'ordinateurs.
— Les Américains sont là!!!
La phrase résonne un peu comme une sirène qui signalerait l'arrivée de bombardiers allemands au-dessus d'une ville de la Seconde Guerre mondiale. Vous voyez, la sirène? Et dans les films, les femmes et les enfants courent se mettre à l'abri, les hommes se jettent sur les batteries de DCA, s'affairent pour lever les canons vers le ciel, pour les charger, et des énormes projecteurs blancs se mettent à balayer la nuit dans tous les sens. Avec toujours la sirène qui siffle et résonne et revient et repart et revient encore et les premières explosions qui grondent.
— Les Américains sont là!!
Eh bien, c'est pareil dans les salles de marché de Londres à ce moment précis. Les hommes plongent à leurs

94

bureaux, essayent de contrôler la situation, empoignent leurs souris, décrochent leurs téléphones, se mettent à hurler, il faut réagir, protéger les femmes et les enfants, sauver ce qui peut encore l'être, les Américains sont là.

Le niveau sonore a explosé. Les marchés se sont brutalement envolés. Beaucoup de gens sont surpris parce que hier encore, ceux-ci baissaient et ils pensaient que cela continuerait aujourd'hui et ils doivent racheter maintenant ce qu'ils avaient vendu hier – ce qui fait en substance monter ces foutus marchés encore un peu plus haut. C'est la panique à bord.

Il s'agit de s'organiser, tant bien que mal. Il ne sert à rien par contre de chercher à comprendre ce qu'il a pu se passer. Il est trop tard. Le mal est déjà fait. Les Américains ont eu envie d'acheter. Un point c'est tout. Je veux dire, ils ont dû lire quelque chose qui leur a fait penser que, je ne sais pas moi, l'Europe allait abandonner l'euro et adopter le dollar américain ou que l'Afrique allait brutalement s'ouvrir à une économie de marché de type anglo-saxonne ultralibérale parce qu'elle avait élu un nouveau super président continental et que l'un et/ou l'autre étaient des développements positifs pour l'économie mondiale et les United States of America en particulier. Je ne sais pas, encore une fois. Mais peu importe.

Ça m'arrange de toute manière.

Et puis c'est fait.

Alors bon.

Le calme retombe petit à petit, pas les cours des marchés. Je suis curieux tout de même. Je demande autour de moi. J'insiste, par simple curiosité vraiment. Un peu comme un badaud qui passerait devant un accident, si vous voulez, et qui demanderait à un flic planté là ce qu'il s'est passé.

— Euh, excusez-moi monsieur l'agent, il s'est passé quoi, là ?

— Non, c'est la Chine. Circulez. Y a rien à voir.

Bon, entre vous et moi, elle commence à me gonfler celle-là. La Chine. Je veux dire elle était là aussi hier, non ? Alors pourquoi baissait-on, hier, si c'est à cause d'elle que l'on monte aujourd'hui ? Ça n'a aucun sens cette histoire. C'est absurde.

— Ah, il y a aussi l'indice du Michigan qui est meilleur que prévu.

Benjamin.

— L'indice de quoi ?

— Du Michigan. Merde. Non. Attends. Celui de Philadelphie. C'est celui de Philadelphie aujourd'hui.

— De Philadelphie ou du Michigan alors ?

— De Philadelphie, je te dis.

— Ok.

Je le regarde. Il me montre un truc sur son ordinateur.

— Très bien, très bien. C'est quoi l'indice de Philadelphie ?

Il se retourne, étonné.

— Bah j'en sais rien, moi. Comment est-ce que tu veux que je sache?

— Non. C'est vrai. Laisse tomber. Au temps pour moi.

Personne ne comprend jamais rien à ce qui se passe, je vous le dis, c'est une règle universelle. C'est une vaste blague, si vous voulez mon avis. Un peu atterrant voire grotesque, en fait. Pour rester poli. *appalling not to say, or ever*

Je vais tout de même appeler Nick the Prick. Juste au cas où.

Pas the Greek, mais the Prick, c'est un piège.

3

Nick the Prick est un type qui fait des analyses de marché pour nous. Il est con comme un balai, Nick the Prick. Il est arrogant comme un Français. Mais il est américain. Et pas qu'à moitié. Il est basé aux États-Unis, à Dallas, dans l'État du Texas, alors il est toujours utile de savoir ce qu'il pense. Cela aide à comprendre ses compatriotes. C'est assurément un atout majeur de l'avoir dans l'équipe. On ne s'en séparerait pour rien au monde. Croyez-moi. Il est notre sésame pour sonder l'insondable psyché de l'Américain moyen. Il est notre arme secrète en quelque sorte. Il vaut de l'or. Une valeur ajoutée inégalable.

Pour la traduction de « the Prick », je vous laisse en revanche chercher vous-même dans un dictionnaire. Ce n'est pas très élégant. Mais il mérite bien son surnom. C'est moi qui lui ai donné d'ailleurs.

— Ça va, Nick?

Oui, je ne vais tout de même pas lui dire « Bonjour, Nick le Phallus! ». Ce serait lui manquer de respect.

Nous sommes collègues après tout. Et puis ce serait en désaccord avec le code de conduite de la vénérable institution financière dans laquelle j'officie. Impossible. C'est donc en général juste «Nick» au téléphone.

— Simon! Long time! Yes, ça va et toi? Non, c'était sûr que ça allait monter.

Je vais l'écouter. Mais il va me saouler. Je préfère vous prévenir. Je le sais déjà. Il est insupportable. J'inspire, expire, calmement. Je n'ai pas le choix, ceci dit, c'est le prix à payer pour comprendre ce qui se passe dans la tête du trader moyen, écouter les conneries de Nick the Prick.

— There is China.

Le con!

Il a osé.

Bon, après, l'avantage, c'est que lui au moins, il sait où elle est, cette satanée Chine. Il sait où elle est, et ce contrairement à la majorité de ceux de ses compatriotes qui, à cet instant précis, investissent comme des enragés leurs dollars, faisant ainsi monter en flèche les marchés financiers du monde entier. Je veux dire, sur une carte, il sait lui où elle est, la Chine. Parce que voyez-vous, Nick the Prick a fait un MBA. Et il n'a pas fait n'importe quel MBA! Il a fait un MBA à la Harvard Business School du Massachusets. Or voyez-vous, cela n'est rien de moins que le meilleur MBA de l'Univers. Alors il sait tout sur tout et il sait même où est la Chine sur un planisphère. À gauche de la Californie, après la grande tache bleue

99

au milieu de laquelle il y a Hawaï et ses plages et ses très bonnes vagues pour le surf.

— La Chine?

— Oui, la Chine, dude. Ils vont consommer plus de matières premières, tu comprends? Parce qu'ils sont nombreux. C'est un pays très peuplé, you see? Les prix vont monter.

— Ok, ok. Et hier? Elle n'était pas là, la Chine?

— Non, si, elle était là hier. Of course qu'elle était là.

Choc culturel. Classique. Il ne comprend pas mon humour cynique français, et me prend pour un abruti fini. Il soupire et se force et continue.

— Mais hier, dude, en fait, si tu veux, je t'explique, ce qu'il s'est passé hier, c'est qu'on a rebondi sur de gros niveaux techniques. Il y avait la moyenne mobile 13 jours, le «fifty percent retracement» du move de 2008 à 2010, de 130 dollars à 70 dollars pour le pétrole, le quatrième niveau de la suite de Fibonacci et une cinquième vague d'Elliott. En plus, on a touché le haut d'un nuage d'Ichimoku. Sans compter qu'on a fait le troisième niveau – l'épaule droite – d'une figure Tête-Épaule-Inversée. Enfin, c'était GROS quoi. It was HUGE.

Il me tue ce mec. Sérieusement. Il me tue.

Il m'envoie dans la foulée des graphes par e-mail pour appuyer ses propos. Il a «fait des analyses techniques». C'est-à-dire qu'il a dessiné des traits sur les cours de plusieurs marchés, gribouillé des chiffres, les lignes sont rouges, jaunes, vertes, elles se croisent, se coupent, se doublent, partent dans tous les sens, on dirait du Miró, c'est assez beau, je dois dire. D'un point de vue artistique, j'entends. Je vois même les deux épaules et la tête de la figure Tête-Épaule-Inversée (Inverse Head and Shoulder Pattern en anglais). C'est net.

Et au cas où vous douteriez de l'existence – ou de l'intérêt peut-être – d'une figure Inverse Head and Shoulder en finance de marché, je vous invite à vérifier sur internet.

Cela existe vraiment. C'est même très utilisé. Tout comme la figure Marteau-Enclume d'ailleurs.

— Tu vois?

— Non.

Il se tait. Il est convaincu que je suis le dernier des demeurés. Je regarde ses dessins. Ils me donnent envie de vomir et de me barrer loin, très loin, de changer d'air, je ne sais pas, moi, d'aller voir une expo d'art moderne, par exemple. Je le remercie, raccroche et vérifie sur internet ce qu'il y a à la Tate Modern. Le musée est à côté de ma banque. Ma banque sponsorise plusieurs des expositions qui y ont lieu. Je suis invité permanent.

Il y a un truc sur un obscur artiste mexicain. Quelque chose Orazco. Et il y a un autre truc sur Mondrian.

Très bien. Je vais aller voir les deux. Ça me détendra.

De toute, façon, on est à 99,1 dollars maintenant. Après tout j'ai gagné deux millions de dollars et des brouettes depuis lundi ET j'ai amélioré la franchaillze de ma banque hier.

Je suis un employé exemplaire.

Le pire dans toute cette histoire, c'est que beaucoup de gens sont et «pensent» comme Nick the Prick. Alors tous ces dessins finissent par s'auto-réaliser. Parce que tout le monde y croit. Les Têtes-Épaules-Inversées et les Marteaux et les Faucilles et autres Enclumes et nuages d'Ichimoku. C'est une véritable catastrophe.

Je veux dire, c'est une catastrophe pour l'humanité qu'autant d'argent soit déplacé et investi en se basant sur de tels critères. L'on parle après tout de plusieurs centaines de milliards de dollars. C'est triste. Mais plus immédiatement et concrètement, c'est une catastrophe qu'un type aussi bête que Nick the Prick puisse avoir raison. C'est rageant. Ça me rend malade, en fait. Littéralement malade. Ça me retourne le ventre. Je sais que c'est le genre d'histoire qui avait le don de rendre fou Julien aussi, lorsque je lui racontais. Il faut que je sorte. Que je fasse un break, que je respire. Maintenant.

Je me lève.

Bon. Je suis peut-être un peu injuste, ceci dit. C'est vrai qu'il y a la Chine. C'est indéniable. Je ne peux pas lui enlever cela, à Nick. Elle est là. J'y suis allé. Il faut même un visa pour y aller. Et j'étais le premier à le dire, lundi, d'ailleurs, qu'elle était là, la Chine.

Un peu comme Marco Polo quoi.

Je préviens mon boss. Il me tape sur l'épaule.
99,4 dollars.

Je suis un peu une star. J'avais raison. Il y avait la Chine. Quelle chance.

Je pars et en profite pour prendre avec moi une boîte à chaussures vide qui traînait sous mon bureau depuis quelques jours. Mon dernier achat. Les nouvelles « runners » de chez Nike. Un pur bijou technologique. Un matériel ultra-léger pour une course plus naturelle. Une merveille. Le fruit de huit années d'étude de la biomécanique de la course pieds nus (d'après le site internet de la compagnie). Inspirées des techniques d'entraînement des athlètes US de Stanford et développées par les meilleurs équipes du pays.

Cent cinquante pounds la paire de baskets.

Rien que ça.

Il faut vraiment que je me change les idées. Je vais péter un plomb sinon.

Il faut surtout que je rappelle Julien. Je vais le vexer si je ne le rappelle pas. Et puis, cela lui fera plaisir de m'annoncer son bonheur. Je peux bien prendre sur moi, une seconde. Ce n'est pas la mer à boire non plus. C'est fait pour cela, les amis, après tout. Je serai bien content qu'il soit là pour m'écouter, le jour où ce sera mon tour. Cela enfin ne peut pas me faire de mal. Cela m'aidera à revenir un peu sur Terre, d'avoir une discussion saine et sereine avec lui.

4

Je dois traverser la Tamise pour aller de ma banque à la Tate Modern. Je crois avoir lu quelque part que les étudiants de l'Imperial College ont conçu ou au moins aidé à concevoir le pont. C'est une réussite, je trouve. Il est élégant. Et puis il est toujours debout surtout, ce qui tend à prouver qu'il est solide aussi.

La Tate Modern, c'est le musée d'art moderne britannique. L'équivalent de notre musée Pompidou, si vous voulez. À ceci près que les Anglais, au lieu de construire un bâtiment censé ressembler à une usine avec des gros tuyaux de toutes les couleurs, ont eux simplement réhabilité une vieille usine qui se trouvait là, sur les bords de la Tamise. Ça tombait assez bien quelque part, qu'elle ait été là, cette usine. Ils sont malins, ces Anglais.

L'idée est la même, toutefois. L'art moderne est proche des préoccupations quotidiennes des hommes, c'est un art concret, aussi abstrait puisse-t-il paraître.

J'entre dans l'usine. Je vais commencer par l'exposition de Gonzalo Orazco. C'est un artiste mexicain et je ne sais pas vous, mais je n'ai pas souvent l'occasion de voir les œuvres d'un artiste mexicain. Je suis curieux.

Je repense une seconde à Elena. Je me souviens qu'un dimanche, il y a longtemps, nous étions venus ici ensemble. C'était peu après notre rencontre à Madrid. Au début de notre relation, vous savez, lorsqu'il faut encore prouver que tu es un type bien et qu'à chaque fois que vous vous revoyez tous les deux, cela ressemble étrangement à un entretien d'embauche.

Définition du boulot proposé : compagnon du dimanche soir et partenaire sexuel occasionnel.
Profil recherché : jeune, dynamique, conciliant et pas trop émotif, si possible cultivé, de bonne éducation et accompli sur le plan professionnel.
Type de contrat : CDI.
Indemnités de licenciement : nulles.
Semaines de congés payés : aucune.

En général, tu es en compétition avec trois ou quatre personnes du même sexe à ce stade de l'embauche. Il te reste au moins autant de tours d'entretiens devant toi. À chaque fois que tu en passes un avec succès, tu dois patiemment attendre que l'on te rappelle et convoque pour le suivant. Il ne faut surtout pas montrer d'impatience. Il faut montrer de l'intérêt, mais cela de manière posée et mesurée. C'est tout un art.

Depuis ce mariage en Espagne, elle avait elle déjà réussi les miens d'entretiens. Sa bonne humeur avait eu un effet immédiat. Sa fraîcheur et le noir de ses grands yeux aussi. Fatal.

Je crois que de son côté, mon idée de l'inviter au musée lui plut. Elle avait dû trouver cela original pour un « first date ». Je veux dire, tout le monde ne fait pas cela, à Londres. Normalement, un « first date », voyez-vous, c'est plutôt un cocktail dans un bar branché de Notting Hill ou de Shoreditch ou alors (si tu aimes vraiment bien la fille) un restaurant cool et chic. Mais pas un musée.

Toujours est-il que cela l'avait convaincue et avait du même coup éliminé les autres candidats potentiels et le soir même – un dimanche – je commençais mon nouveau boulot chez elle.

Elle était bien tout de même, cette petite Elena. Je lui écrirai tout à l'heure.

Dans la première salle de l'exposition Gonzalo Orazco, il y a un billard ovale. Deux boules blanches et une boule rouge sont accrochées par des fils au plafond. Les gens tournent autour de la table de billard et puis certains font la queue pour jouer. On est en Angleterre, les gens adorent faire la queue.

Cela se joue à deux. Chaque joueur a une canne. Tu te penches, ajustes ton coup et frappes la boule blanche. Celle-ci roule. Elle peut taper une boule rouge si tu as bien visé. Celle-ci roule alors à son tour. Au bout d'un certain temps, la boule blanche et la boule rouge perdent de la vitesse et s'arrêtent. Voilà. Il n'y a pas de trou, les boules sont attachées à des fils donc, je ne sais pas, tu ne peux pas les voler. Tu peux faire rouler les boules une fois, deux fois ou trois fois si cela t'amuse et puis tu arrêtes parce que tu en as marre et tu t'en vas.

C'est tout.

À ce moment-là, tu te demandes ce à quoi tu t'attendais au fond et pourquoi surtout tu as fait la queue. Mais ce n'est pas sûr non plus. Tu es peut-être satisfait de l'expérience.

Ça me tue.

Elle commence fort, cette exposition, tiens.

La salle d'après est très étroite et très longue. Contre un mur, une espèce de papyrus géant. Gonzalo s'est amusé à découper une à une les colonnes du bottin téléphonique de New York. Il n'a gardé que les numéros et s'est débarrassé des noms. Puis il a collé toutes ces colonnes, les unes au bout des autres, sur un rouleau de papier géant.

Cela a dû lui prendre une éternité. Mais le résultat est pas mal, je trouve.

Cela te donne une bonne idée de la taille inhumaine de la ville. Les numéros sont minuscules, les colonnes sont collées les unes au bout des autres, tu as peut-être cent numéros par colonne et tu marches pendant peut-être dix ou quinze mètres d'un bout du rouleau à l'autre. Ça donne le vertige, ces millions de numéros. C'est fou.

J'aime bien cette salle.

La pièce suivante est la plus grande de l'exposition. Dans un coin, il y a des morceaux de pneus éclatés posés par terre, les uns à côté des autres. Je regarde le petit guide explicatif gratuit que l'on m'a généreusement donné à l'entrée. Le guide est estampillé du logo de ma banque. J'imagine que nous avons payé pour que ces guides soient gratuits. Ma banque est une institution philanthropique, voyez-vous. Nous sommes des gens bien dans ma banque. Nous sponsorisons l'art. Nous n'avons rien à voir avec de froids capitalistes avides et cupides. Ôtez-vous de la tête cet a priori saugrenu!

Morceaux de pneus éclatés patiemment récupérés le long des routes du Mexique par Gonzalo Orazco au cours de sa vie.

Je relis la phrase.

Morceaux de pneus éclatés patiemment récupérés le long des routes du Mexique par Gonzalo Orazco au cours de sa vie.

Je regarde, dubitatif, les morceaux de pneus éclatés que Gonzalo a patiemment récupérés sur les routes du Mexique au cours de sa vie.

Je m'imagine Gonzalo dans sa voiture, s'arrêter et ramasser un morceau de pneu éclaté entre deux cactus et une bouteille de Coca-Cola vide dont l'étiquette a été blanchie par le soleil. Il n'est pas mort encore, Gonzalo.

Il est possible qu'en ce moment même, il soit en train de ramasser un bout de caoutchouc à l'autre bout du monde. Il a peut-être une moustache. Ou alors il mange tranquillement du guacamole avec des tortillas et boit une Corona. Les deux options sont possibles.

Je ne comprends pas, mais ce n'est pas grave, j'ai bien aimé le papyrus avec les numéros de téléphone de New York, je continue.

Un peu plus loin, dans la même salle, il y a une cabine d'ascenseur. Les gens entrent dans la cabine et puis ils en ressortent. Parce qu'il n'y a rien à l'intérieur et parce que même s'il y avait quelque chose à l'intérieur, ils ne pourraient pas non plus y rester pour toujours. Certains, étonnés, en font alors le tour. D'autres entrent derrière eux. Ils ressortent aussi. Les gens font la queue.

Très bien, ça suffit, je sors ma boîte à chaussures vide de mon sac plastique et la pose discrètement au milieu de la salle. Droite. C'est une boîte noire. On voit bien la virgule signature de Nike. Elle est vert fluo.

J'attends quelques secondes.

Un type sort de l'ascenseur et tombe nez à nez avec ma boîte à chaussures noire. Il est surpris. Il regarde autour de lui. Il en fait le tour.

Quelqu'un d'autre le suit et en fait le tour à son tour.

Deux vieilles femmes s'arrêtent devant et commencent à discuter. Quel message Gonzalo Orazco a-t-il bien voulu faire passer avec cette boîte posée à côté de l'ascenseur ?

Elles regardent dans leur petit prospectus explicatif

estampillé du logo de ma banque mais ne trouvent rien. Normal. Elles ne sont plus seules maintenant. Un couple regarde la boîte et l'autre type, perplexe, continue lui de tourner autour et quelqu'un tourne derrière lui, en hochant la tête de manière approbative. Ils doivent trouver cela original. Ils doivent probablement se dire quelque chose comme :

« Le vide de la boîte à chaussures et le vide de la cabine d'ascenseur mettent en abîme le vide de la vie elle-même. Tandis que leurs tailles différentes se font écho. Un peu comme l'enfance et l'âge adulte en quelque sorte. C'est très intéressant. C'est très bien pensé. »

Oui, ils doivent se dire quelque chose comme cela, quelque chose de bien confus et de très convoluté, qui n'a aucun sens. Le tout est de pouvoir flatter son propre ego. En pensant comprendre le message laissé par l'artiste, il s'agit de se hisser à la hauteur de ce dernier et de se poser donc comme son égal.

« Great minds think alike » en anglais.

Putain de petits-bourgeois bien-pensants. Ils sont fatigants à la longue.

Il n'y a que cela autour de moi en fait, des petits-bourgeois bien-pensants et bien sous tous rapports, qui viennent ici pour dire qu'ils ont vu la dernière exposition de Gonzalo Orazco, un artiste mexicain. Ils investissent une heure de leur temps pour pouvoir ensuite en débattre avec leurs amis bien-pensants et bien sous tous rapports et faire les malins et prétendre être des gens cultivés.

La vérité pourtant, si vous voulez mon avis, c'est qu'ils se font chier, de façon générale, ces gens, dans leurs vies. C'est pour cela qu'ils sont là. Je veux dire, s'ils avaient une véritable passion, s'ils avaient quelque chose à faire, je ne sais pas moi, quelque chose d'intéressant ou de constructif ou quelque chose qui leur plairait véritablement, n'importe quoi, de la couture, du sport, de la lecture, du jardinage, un instrument de musique, ils ne seraient pas là.

Il n'y a qu'à les voir, perdus, ils ne sont pas même capables de faire la différence entre une « œuvre d'art » et une boîte à chaussures vide. Ils n'y connaissent rien. Cela leur passe complètement au-dessus de la tête.

Dramatique.

Alors oui, à leur décharge, vous allez peut-être me dire que les « œuvres d'art » en question sont des morceaux de pneus éclatés et des ascenseurs vides. Cela n'aide pas. J'avoue. Vous auriez raison.

En fait maintenant que vous me le dites, c'est un peu de l'art pour petits-bourgeois bien-pensants tout ça. Un art fait de trucs vaguement intéressants dont tu peux parler à un dîner mondain pour faire le malin.

Mais peu importe.

Essayez de faire le coup de la boîte à chaussures, vous aussi, si vous en avez l'occasion un jour. Cela vous plaira, je vous assure. D'autres auront déjà eu cette idée avant vous, par contre. Banksy par exemple ou Marcel Duchamp, il y a plus longtemps et dans un genre un peu différent. Faites simplement gaffe aux vigiles, ils sont capables de vous piquer votre boîte, les cons, s'ils vous voient la poser.

Et puis bon, je critique mais au fond, je suis là moi aussi parce que je me fais chier au boulot. Je ne vaux pas mieux que les autres. Je ne suis qu'un petit parvenu bien-pensant parmi d'autres.

Merde.

Je passe à la salle suivante, c'est la dernière.

Il y a de grandes tapisseries blanches accrochées aux murs. Sur ces tapisseries blanches, tu as des séries de mots, comme :

MAÎTRE EN OFFRE PUBLIQUE D'ACHAT HOSTILE

A DEVELOPPÉ UN VACCIN CONTRE LA DENGUE

STAR DE SÉRIES TÉLÉ POLICIÈRES

DÉFENSEUR DU FROMAGE BRITANNIQUE

BASSISTE DE JAZZ DURANT SEPT DÉCENNIES

CRÉATEUR DE L'ÉLÉPHANT DUMBO

A ÉCRIT DE LA MUSIQUE CHINOISE PATRIOTIQUE

SURNOMMÉ DOCTEUR L'AMOUR

Au-dessus de chaque tapisserie, il y a une inscription en lettres italiques :

Essayez de vous souvenir
de cinq de ces titres d'obituaires.

Je vais me prêter au jeu, tiens. Il n'y a pas à faire la queue ici. Je vais essayer. J'en prends cinq au hasard. Champion olympique de Curling. Danseuse étoile. Docteur personnel de Richard Nixon. Spécialiste des chats. Reine de la nuit.

Je ferme les yeux.

Ok.

Je ne me souviens pas des cinq.

J'essaye à nouveau avec cinq autres titres et n'y parviens pas davantage.

Sur mon prospectus explicatif gratuit, il est dit que Gonzalo Orazco est fasciné par les obituaires du *New York Times*. Il les lit tous les jours et note sur un petit carnet les titres de ceux qui l'ont interpellé. Et puis il les a mis sur ces tapisseries blanches.

C'est fou de se dire que ces morceaux de phrases résument des existences entières. Et pas n'importe lesquelles, d'existences, qui plus est. Il s'agit là de gens qui ont réussi à se faire une place dans les colonnes obituaires du *New York Times*. Souvenez-vous du papyrus. Il y a beaucoup de gens à New York. Et puis des gens qui ne vivent et ne meurent même pas à New York seraient bien capables de vous la piquer, votre place dans les colonnes obituaires du *New York Times*. Ce n'est certainement pas facile de se faire une place dans ces colonnes. Je veux dire, même si tu es vraiment bon, il est possible qu'un type encore meilleur se débrouille pour mourir le même jour et te vole ta place. Alors que tu l'aurais parfaitement eue, ta place, le lendemain, par exemple. Il faut être bon ET avoir un peu de chance, en résumé.

La mort, c'est un peu comme la vie, finalement.

SPÉCIALISTE DES CHATS

Et tout ça pour ça. Enfin. Celui-ci est clairement le seul New-Yorkais à être décédé ce jour-là. Ou alors c'était le plus grand spécialiste ès chats de tous les temps.

Au choix.

Je me demande bien ce qu'on mettrait pour moi, si l'on devait réduire ma vie en trois mots aujourd'hui.

TRADER PÉTROLE QUI UN JOUR A EU RAISON

Ou bien :

EMPLOYÉ MODÈLE QUI A AIDÉ À AMÉLIORER LA FRANCHAILLZE DE SA BANQUE

Non. Les deux sont trop longs. C'est nul. Ils ne font pas trois mots. Et ils ne font pas rêver.

Merde.

Ça ne va pas du tout. Il va falloir que je me sorte les doigts, comme l'on dit, si je veux me faire une place dans les colonnes obituaires du *New York Times* et que trois mots suffisent à me décrire et que ces trois mots interpellent et fassent regretter à leurs lecteurs de ne pas m'avoir connu.

Oulala.

Je ne vais pas y arriver.
Je me sens brusquement découragé.
Je sors.

Au final, elle n'est pas mal, cette exposition, je trouve.
Enfin, toujours est-il que je suis mieux là qu'au bureau,
à regarder les graphes gribouillés par Nick the Prick à
Dallas, Texas. Au moins, être ici, cela fait réfléchir. Tu
prends du recul et tu te poses des questions. Et puis, en
toute honnêteté, certaines œuvres sont un peu moins
débiles que les graphiques prétentieux de Nick the Prick.

Passer une journée à décortiquer les analyses de
notre analyste serait un peu comme passer une journée
à regarder les morceaux de pneus éclatés de Gonzalo
Orazco. Cela n'aurait aucun sens.

Je suis bien content d'être venu. Ça me change des
figures Tête-Épaule-Inversée et des nuages d'Ichimoku
de mon collègue.

5

Je vais prendre un café avant de commencer l'exposition suivante. Je me demande ce que fait Elena en ce moment. Nous avions pris un café ici lors de mon entretien d'embauche. Elle portait une robe rouge, ce jour-là, je m'en souviens encore. Elle avait une veste en jean bleue et des ballerines aux pieds. Elle était bronzée. Charmante. Souriante. Avec sa voix cassée, Elena avait un délicieux accent espagnol lorsqu'elle parlait français. Je me demande si elle pense à moi, en ce moment. Peut-être se dit-elle comme moi que tout cela est au fond un peu dommage. On était bien, ensemble, tout de même.

À mon avis pourtant, elle s'en fout. Je la connais mieux que vous. Elle est dure en affaires, elle n'est pas du genre à céder facilement, avec son caractère latin bien trempé. Ça se trouve, elle est déjà passée à autre chose.

Je me demande enfin ce que fait le pétrole. Je vérifie sur mon BlackBerry. Le cours du brent continue de monter. Je continue donc de faire de l'argent. Il est à 100,4 dollars maintenant.

Parfait.

C'est tout de même pratique, les BlackBerry. Même lorsque tu n'es pas au travail, tu l'es tout de même un peu. Et puis, tu es joignable 24 heures sur 24, 7 jours sur 7! C'est une sacrément belle invention, je trouve. Vous ne pouvez pas dire le contraire.

J'attaque la rétrospective sur Mondrian. Je vais voir pour Elena. Je lui écrirai ce soir. Histoire d'essayer de réparer les pots cassés et de lui faire comprendre que si elle est d'accord, je suis prêt à m'impliquer davantage.

Je veux une promotion, en quelque sorte. Par exemple, je souhaiterais avoir les dimanches et les mercredis. Enfin. Ou les jeudis. Je ne suis pas regardant non plus. J'aimerais juste être gratifié d'un deuxième jour. C'est tout. Ce serait un bon début déjà.

Ce sont des revendications assez fortes ceci dit. C'est un peu le problème, d'ailleurs.

En même temps, qui ne tente rien n'a rien.

— Fuck it!

Oui.

Je vais essayer au moins. Qui ne tente rien n'a rien. Je veux un deuxième jour.

Le premier panneau explicatif de l'exposition Mondrian m'annonce que Mondrian était au début de son œuvre un adepte de la théosophie. La première œuvre est une espèce de carré blanc avec comme une pelote de fil carré jaune en son centre. Elle est intitulée *Jetée et océan.*

Cartel sur le côté :

Dans la série Jetée et océan, *Mondrian exprime la tension de l'homme (verticalité) face à l'océan et au ciel (horizontalité).*

Très bien.

Un théosophe, alors c'est très compliqué, mais c'est quelqu'un qui, euh, ce n'est pas super clair non plus, mais quelqu'un qui pense qu'il y a comme une théorie de la religion et de l'universel.

Second cartel, à l'entrée de la salle suivante :

Les œuvres de cette époque incarnent une forme d'aboutissement de la pensée de Mondrian. Le vocabulaire universel qu'il a élaboré par épuration progressive s'y déploie : des lignes noires horizontales et verticales et les trois couleurs primaires : rouge, jaune et bleu.

Pourquoi pas.

Un peu plus loin :

Apparition de la diagonale en 1920, suite à une nouvelle compréhension de l'espace-temps issue de la relativité générale.

Alors là, non. Je suis patient, je veux bien faire preuve d'ouverture d'esprit, de curiosité intellectuelle, de tout ce que vous voulez, mais faut pas pousser.

Je veux dire, il aura tout de même fallu au mec qu'Einstein se fasse chier à inventer la relativité générale pour qu'il pense lui à dessiner des diagonales. Ça me tue, ça. Il y en a, vraiment, qui se seront moins foulés que d'autres pour accéder à la postérité. Pendant que l'un construisait une théorie physique révolutionnaire, l'autre dessinait des traits verticaux et des traits horizontaux et n'utilisait que le rouge, le jaune ET le bleu. Les traits horizontaux et verticaux exprimant la tension entre l'homme et l'océan ou entre l'homme et la femme (c'est au choix). Et puis un jour, quand le premier eut fini de mettre au point sa fumante théorie, cela fit penser au second qu'il pouvait peut-être AUSSI dessiner des diagonales après tout. Parce que l'espace-temps, eh bien, est en fait plus compliqué qu'il n'y paraissait. Enfin, toujours rouges, jaunes ou bleus bien sûr, les traits.

Je ne sais pas.

Je passe à la salle suivante. Elle rassemble des écrits «théoriques» de Piet Mondrian. Je m'approche d'une vitrine. Elle abrite un numéro de *L'Homme, la rue, la cité*. C'est une revue à laquelle Piet et ses amis artistes contribuaient au début du siècle.

Je lis :

Nous voulons donc une esthétique nouvelle basée sur les rapports purs de la ligne et de la couleur pure parce que seuls des rapports d'esthétique purs d'éléments

constructifs purs peuvent aboutir à la beauté pure.
Aujourd'hui, non seulement la beauté pure nous est
nécessaire mais elle est le seul moyen manifestant
la force universelle qui est en toute chose. Elle est
identique à ce qui est dévoilé dans le passé sous le
nom de divinité et qui nous est indispensable à nous
pauvres humains pour vivre et trouver l'équilibre car
les choses en elles-mêmes s'opposent à nous et la matière
la plus extérieure nous combat.

Les cons.

Ça suffit. J'ai mes problèmes avec mes barils de brent, je
ne sais pas quoi faire avec Elena, je ne vais pas commencer
à me demander si la pureté du trait droit jaune peut
remplacer Dieu.

Je me casse.

Bien. Enfin, j'imagine que je suis quelque part un peu
injuste avec ce bon vieux Mondrian aussi. Lorsqu'il est
né (en 1872, à Amersfoort, aux Pays-Bas, pour votre
gouverne), les gens en étaient encore à être comme des
fous parce qu'ils ne dessinaient pas distinctement les
contours de ce qu'ils peignaient. Ils trouvaient cela
incroyable. C'était de « l'impressionnisme ». S'il vous
plaît. On se moquait d'eux alors parce que c'était trop fou
en fait d'oser ne pas peindre distinctement ce qu'ils
voyaient.

Piet, lui, trente ans plus tard, ne tirait plus que des

traits horizontaux et verticaux (pas encore diagonaux, certes) et n'utilisait plus que trois couleurs et il continuait à appeler ça de l'art. C'est une belle rupture, je trouve. Probante et audacieuse.

Je veux dire, au final, le type aura tout de même participé à la plus grande révolution de l'histoire de l'art. Ce n'est pas trop mal pour un théosophe. Je suis un peu jaloux en fait. Je ne suis pas même capable de faire changer d'avis Elena sur la nature de notre relation. Alors bon. Révolutionner l'art, ça va être un peu compliqué pour moi.

6

Je sors de là et file au sport. Ces expos m'auront pris plus longtemps que prévu. Je suis en retard sur mon programme.

Entre nous, je vais souvent au sport, mais en réalité, je n'aime pas cela. Le truc, c'est juste qu'il faut faire du sport. *Mens sana in corpore sanum.* C'est ce que disaient les Romains. Et puis il faut en faire aussi pour rester jeune. Regardez les Américains. À New York et Los Angeles, ils passent leur vie dans les salles de gym, et ils ne peuvent pas avoir complètement tort, sinon cela commencerait à faire beaucoup de monde dans l'erreur, non ? Les Romains et les Américains.

Le métro est bondé, c'est une galère sans nom, mais j'arrive finalement à ma salle de sport.

Cette histoire, pendant que l'on y est, c'est un virus que j'ai attrapé à cause d'une New-Yorkaise. J'aurais dû me faire vacciner, tiens. Ou mieux encore, j'aurais dû me protéger. C'est malin ça. Je ne sais pas. Allisson, elle s'appelait. Elle était mignonne, on était jeunes, on est restés ensemble douze mois, c'était à l'époque où j'étudiais à Paris et voilà le travail. Sept ans plus tard, j'en suis encore à aller plusieurs fois par semaine à la gym à côté de chez moi. C'est devenu une espèce de routine. Je ne me pose même plus la question.

Pourtant, avec le recul, ce n'était même pas si bien que cela, cette relation. Mais j'étais impressionné. New York paraissait loin. Exotique. Féerique, même. Je trouvais cela cool d'avoir une copine américaine et elle, elle était contente de sortir avec un petit Frenchie à Paris. Du coup, elle a aussi laissé derrière elle plusieurs tampons de la douane US dans mon passeport. On ne s'est pas séparés tout de suite après son retour au pays, voyez-vous. On y a cru. On était jeunes, je vous l'ai déjà dit. Naïfs. Et puis elle a surtout laissé chez moi une certaine fascination pour le «made in America». (Ce n'est pas pour rien que je me suis farci le Super Bowl en début de semaine.) Sans oublier bien sûr que c'est grâce à elle que je parle anglais. Encore une fois, c'est la seule manière d'apprendre une langue.

Bon. Mais peu importe. Avec un peu de chance, la Suédoise de lundi sera encore là aujourd'hui.

Il s'agit, je trouve, d'une bonne raison pour se motiver. Très efficace. Pas pour rien que les salles de sport de luxe sont chères. Tu as des raisons très convaincantes comme celle-ci pour t'encourager à y aller plus souvent.

Je supporte les mecs à poil dans les vestiaires, cours une demi-heure, ne vois pas la Suédoise, transpire un peu et puis m'arrête, prends mon courage à deux mains, retourne me changer, une douche rapide et je suis dehors.

Voilà.

C'est fait.

Mens sana et tout. Entre nous, cela a plutôt intérêt à être vrai cette chanson. Parce que sinon, je peux vous dire que ce serait une belle perte de temps tout ça. Enfin. Si c'était réellement une perte de temps, au moins je ne suis pas le seul à le perdre, mon temps, et c'est toujours rassurant.

Je hèle un taxi dans la rue, comme j'ai appris à le faire en regardant les films américains à la différence près qu'ils sont noirs et ronds et non jaunes et carrés, ici, les taxis.

— Notting Hill. Le Prince Churchill, s'il vous plaît.

Le «Prince Churchill» est un pub branché du nord de Notting Hill. Notting Hill est un quartier du nord de la ville. C'est l'un de mes endroits préférés. Il est bien fréquenté ce pub, je trouve. Il y a des banquiers bien sûr (ils sont relativement difficiles à éviter à Londres, du fait de leur nombre astronomique), mais il y a aussi des gens plus intéressants, comme des artistes, des gens qui bossent dans la pub, le design, la mode, la restauration, des médecins ou des avocats. C'est un établissement agréable et détendu. Tu finis souvent par sympathiser avec des personnes que tu ne connaissais pas avant de venir, au Prince Churchill, et tu y passes toujours un bon moment.

Mes amis sont déjà là lorsque j'arrive. Ils sont debout, dehors, en cercle et ont chacun une pinte de bière à la main.

— Tiens, voilà Simon.

— Salut les mecs.

On se serre la main.

— Je vais me prendre un verre, vous voulez quelque chose ?

— Merci, ça va, on vient de commander.

— Ok. Je reviens.

Je préfère vous prévenir, le Prince Churchill n'est pas un pub typiquement anglais et ce, à bien des égards. Pour commencer, il n'y a pas de moquette dégueu au sol ni de tapisserie immonde aux murs. C'est peut-être pour cela d'ailleurs que l'établissement est devenu à la mode. Il y a des chaises en bois, des tables en bois et des gros canapés marron dans un coin et le tout est de relativement bon goût. Les barmen sont français au Prince Churchill. Ils sont donc désagréables mais les barwomen sont françaises aussi et elles sont très mignonnes et c'est là une des clés du succès de l'établissement.

Les clients sont originaires du monde entier. Il y a une grande terrasse et un grand platane au milieu de celle-ci.

Je ressors avec ma bière. Mes amis parlent de gym et de diététique. C'est une discussion très populaire dans les milieux où j'évolue. Cela peut d'ailleurs être assez pénible à la longue. Lorsque c'est la cinquantième fois que tu entends des gens en parler.

— C'est décidé, je ne mange plus de carbs.

Alors attention aux carbs.

— Nan, mais t'as complètement raison. Moi, ça fait longtemps que j'ai arrêté. C'est le premier conseil que mon Personal Trainer m'a donné d'ailleurs.

— Pareil.

— Ouais. C'est le secret.

Tout le monde approuve.

— Pas de carbs.

— Non.

Un Personal Trainer est un type qui te demande entre 30 et 60 pounds de l'heure et qui te fait faire des exercices et te donne des conseils nutritionnels. C'est quelque chose d'extrêmement à la mode à Londres et aux États-Unis et dans ce genre d'endroits. La plupart des salles de sport offrent ce service aujourd'hui et il paraît que cela est très efficace. Je veux dire si tu veux avoir un beau corps et tout. Ils savent quels gestes tu dois faire et répéter pour tonifier tel ou tel muscle. Ils savent ce que tu dois manger et dans quelle quantité, dans quel ordre et à quelle heure tu dois le manger. Ils te disent même combien de fois tu dois aller pisser. Encore un peu et ils iraient pisser avec toi. C'est vraiment super, un Personal Trainer.

J'interviens :

— Mais c'est chiant, non ?

— De quoi ?

— De ne plus manger de carbs.

— Bah non. Pourquoi tu dis ça ? Pourquoi ça serait chiant ?

Et là, tout le monde s'y met.

— C'est juste ne plus manger ni de pâtes ni de pain ni de pizza.

— En gros.

— Oui, c'est tout.

— Et les carbs, de toute manière, c'est vraiment de la merde. Les prot, c'est mieux.

— Ah non, c'est sûr. C'est bien mieux, les prot.

— Mais ouais, c'est mieux. Rien à voir.

— C'est sûr.

Les « prot ». Les protéines. J'abandonne. Cette bataille est perdue d'avance.

Les « carbs », au fait, ce sont les carbohydrates. Enfin pour être précis, ce sont vraiment des polyhydroxyaldehydes. Il en existe de deux sortes : les bons et les mauvais. C'est un peu comme le cholestérol dans ce sens. Les bons sont ceux que tu digères vite. Les mauvais ceux que tu digères lentement. Ou peut-être que c'est l'inverse d'ailleurs. Je confonds toujours. Bref, si tu ne manges pas trop de mauvais « carbs », il semblerait que ce soit grosso modo une bonne chose pour ta santé. Mais ce n'est pas encore vraiment prouvé non plus. Regardez les Italiens. On n'en sait trop rien. Voilà.

C'est complètement foireux, je trouve. Donc moi, je continue à en manger, des «carbs» et puis on verra bien et ils me gonflent tous avec leurs «carbs» et leurs «prot» et leurs «Personal Trainers» à la con.

— Ok, les mecs, je vous laisse. Je vais regarder la fin du match.

Ils diffusent un match de foot ce soir, à l'intérieur du Prince Churchill. C'est une rencontre amicale Angleterre-Suède.

J'entre.

À ma droite, il y a une table de banquiers suédois. Les banquiers suédois sont les seuls peut-être à être pires que les banquiers français. Ils font tous deux mètres, ils ont tous de longs cheveux blonds coiffés en arrière et de grosses et massives lunettes de soleil et ils font les beaux en permanence. C'est tout simplement in-su-ppor-table.

Je m'éloigne d'eux comme de pestiférés et me rapproche d'un groupe d'Anglais qui ont déjà l'air plus sympathiques. Ils sont mal habillés comme tout bon Anglais un peu cool qui se respecte, mais ils ont de bonnes têtes. Ils se marrent entre eux. Ils font plaisir à voir. Leur équipe est en train de gagner, il faut dire. Cela aide. Ils sont d'excellente humeur et ils ne demandent rien à personne et se foutent de ce que les gens peuvent bien penser d'eux.

Je les regarde et là, l'un d'eux calmement tend sa bière à l'un de ses potes, se penche, enlève sa chaussure (une vieille tennis blanche et sale) et se relève et reprend son verre et le vide dans sa chaussure et porte celle-ci – la chaussure – à ses lèvres et en boit le contenu d'une seule traite.

Vlan !

Tout le monde autour de lui applaudit.

Si.

Ok. C'est bon. J'ai compris. Je rentre chez moi. Pardon.

Il y a des jours comme cela, où tu n'y arrives pas. Mais ce n'est pas grave non plus. Dans ces cas-là, il faut juste ne pas s'entêter. C'est tout. C'est simple. Ça ira mieux une autre fois.

J'arrête un taxi et grimpe dedans.

Sur le chemin, j'enverrai un texto à Elena.

subtle =subtil

7

On traverse Hyde Park. J'adore traverser Hyde Park en taxi. C'est une course agréable. Tu as l'impression d'entrer dans un bois. Il n'y a pas de bruit, pas de trafic, pas de feu. Tu vois des gens qui courent, des familles qui se promènent. Il y a des canards, des oies et des cygnes. C'est un peu la campagne en plein centre-ville, au fond. Très reposant. C'est pour cela d'ailleurs, à mon humble avis, que Londres est une ville plus plaisante à vivre que Paris.

Salut tu vas bien?

Désolé pour dimanche

On remet ça à lundi si tu veux?

Simple, sobre, pas de ponctuation intempestive. Cela devrait passer.

Un peu avant la sortie du bois, mon téléphone vibre.

Tout va bien. Toi?

Désolée, peux pas, j'ai PT lundi soir.

PT. Personal Trainer.

Décidément.

Elle non plus, pendant que l'on y est, je m'en souviens maintenant, elle ne mange plus de carbs. Je me demande bien pourquoi. Elle est maigre comme un clou. Ça ne rime à rien leur histoire.

Bon, mais peu importe. Chacun fait ce qu'il veut, je suppose. Ce qui me gonfle en revanche, c'est qu'elle me sorte ça comme prétexte pour ne pas me voir. Alors que je faisais un effort. Les gens, lorsqu'ils vieillissent, ne deviennent pas très conciliants, je trouve. Ils ont leurs petites habitudes et tu peux toujours courir pour leur en faire changer. C'est extrêmement pénible. Comme si elle ne pouvait pas le déplacer son maudit rendez-vous.

C'est quand même pas dur.

Ou alors elle est vexée parce que j'ai annulé ce dimanche. Ça se trouve ce n'est qu'une excuse, ce PT. Elle ne veut pas me voir et l'absurde rigidité prétendue de son emploi du temps est censée me le faire comprendre.

Probable.

Très bien. Je me jette à l'eau. Je vais faire preuve de plus de bonne volonté encore. On verra. Je préfère que le message soit clair et que la balle ne soit plus dans mon camp. Elle m'énerve cette balle, à traîner comme cela dans mon camp. Après tout, c'était sympa dimanche dernier.

Ah, ok. C'est dommage.

Mardi peut-être?

Ça me ferait plaisir de te voir :)

C'est une erreur, je le sais, c'est évident, cela va lui faire peur et elle ne va pas répondre. J'ai même craqué et mis un smiley. C'est foutu. Je me l'imagine déjà, fronçant les sourcils, crispée, serrant inconsciemment trop fort son téléphone, hochant la tête et se pinçant les lèvres en signe de désapprobation déçue lorsqu'elle recevra mon pathétique message.

Je ne la reverrai jamais.

J'arrive chez moi et me couche directement. Sale journée.

Je bouquine avant de dormir, trois quatre pages d'un bouquin qu'elle m'avait conseillé, il y a quelques semaines. *Le Vieil Homme et la mer*. D'Ernest Hemingway. J'en ai déjà lu la moitié.

Le style d'Hemingway est extraordinaire. J'avais déjà beaucoup aimé *Pour qui sonne le glas*. Je crois que c'est mon auteur préféré, il faudra que je lise *L'Adieu aux armes* aussi.

Cela fait du bien de lire avant de se coucher, je trouve. Ça te change les idées, t'emporte ailleurs, loin de tes problèmes, te rappelle que la vie est plus belle et riche que ce que tu veux bien en faire, toi.

Et puis je m'endors.

Elle répondra peut-être demain.

Jeudi

1

Mon BlackBerry sonne furieusement. Il me réveille et je l'éteins et consulte rapidement mes e-mails au fond de mon lit. Des troubles commencent à être observés en Égypte. Le trafic le long du canal de Suez n'est pas encore perturbé mais certains commencent à craindre qu'il ne le soit bientôt.

Pas de message d'Elena.

Je me lève.

Il va falloir faire attention aujourd'hui. Risques de déstabilisation géopolitique contre risques de désta-bilisation des flux commerciaux internationaux et de l'économie mondiale dans son ensemble. Le pétrole va monter et puis il va baisser. Pas nécessairement dans cet ordre toutefois. C'est un piège. Il va falloir ouvrir l'œil, en gros. Et le bon, comme dirait ma grand-mère. Il va falloir se mettre dans la peau d'un Américain moyen et anticiper ce qu'il va conclure de tout cela.

Ça s'annonce bien, tiens.

Pas sûr même qu'ils savent où il est, ce putain de canal

de Suez. Je suis stressé déjà, rien qu'à l'idée d'y penser. Il n'est que 7 h 17. Fait chier.

Une douche, deux trois étirements en vitesse, de la lotion après-rasage, une crème antirides, une chemise, un costume, des chaussures, je prends mes clés, mes cartes, il faudrait que je m'achète un porte-carte, et je file.

La journée s'annonce pénible et longue. Heureusement le soir j'ai l'anniversaire d'un de mes meilleurs potes.

Comme d'habitude, mon boss n'est pas encore là lorsque j'arrive. Il est dans sa cuisine, vous savez, avec sa femme et ses enfants et tout ça, et il lit le *FT*.

Thierry Harper est lui déjà là. Je ne vous ai pas encore parlé de Thierry Harper. C'est le patron des sales.

Les «sales» (prononcer «sailze»), ce sont les vendeurs, les gens comme Rodrigo, ceux qui interagissent directement avec les clients. Les sailze, surtout, ce sont les gens que vous n'aimez pas. Vous croyez que vous n'aimez pas les traders, on vous a martelé cela dans les médias, mais ce sont les sailze en fait que vous n'aimez pas.

Laissez-moi vous en convaincre.

Pour commencer, les sailze sont autant payés que les traders. Si ce n'est plus encore. Ils ont les mêmes bonus. Si ce n'est de plus gros encore. Je vous ai sûrement déjà convaincus.

Il y a ensuite des magazines spécialisés pour les gens comme les sailze. *How To Spend It* est l'un de ces magazines. Pour n'en citer qu'un. Comment le dépenser. «Le» étant ton bonus, bien sûr. Ou l'argent dont tu as hérité. Au choix.

Ces magazines sont des revues très sérieuses dans lesquelles on te donne plein de bons conseils pour t'aider à gaspiller élégamment ton fric. En général, tu te tournes vers ces revues une fois que tu as épuisé les filons traditionnels de la frime et de la flambe. Je veux dire, une fois que tu as déjà une jolie montre, une belle voiture, une ou deux jolies femmes et une ou deux belles maisons. Au bout d'un certain nombre de primes de fin d'année, quoi. Je ne sais pas. Tu peux alors avoir besoin d'une idée originale et glamour, peut-être même magnanimement philanthropique, pour ta prochaine dépense et c'est là que tu es bien content d'avoir sous la main un numéro de *How To Spend It*. Les sailze sont particulièrement friands de ce genre de choses. Oui, ce n'est pas toujours aussi simple que l'on peut penser, de dépenser son pognon. Cela peut s'avérer être un vrai casse-tête, source de nombreuses frustrations.

Bien. Mais surtout les sailze, ce sont les gens dont le métier est de pousser les clients à encourir des risques inutiles. Ils sont ceux aussi qui forcent les banques à faire de même. Ils font prendre des emprunts à des clients qui ne peuvent pas les rembourser. Ils revendent ces dettes toxiques à des tierces personnes en n'étant pas clairs sur leur risque de défaut. Ils vont pousser des fonds de pension à faire des paris inconsidérés ou des entreprises à rentrer dans des stratégies de couvertures inadéquates. Ils veulent seulement que quelqu'un, quelque part, signe et fasse quelque chose. Ils sont payés à la commission, voyez-vous, alors après eux le déluge. Ils s'en foutent de ce qu'il se passe après eux. Ce n'est pas leur boulot de gérer les conséquences et répercussions de ces contrats.

Du coup, vous comprenez, les traders sont censés être par nature des gens un peu plus prudents et responsables. Ils ont un horizon plus long. Un horizon d'un an, le plus souvent. Oui. Au lieu d'un jour. Jusqu'au prochain bonus, en gros. Pas encore particulièrement constructif, non, mais déjà un peu moins dangereux. Les traders vont devoir gérer ces dits contrats tout au long de l'année et souvent, c'est simplement une galère sans nom.

Enfin, s'ils prennent des risques, les traders sont aussi supposés respecter certaines limites et règles (mon stop à 92 dollars) qui, sans rien enlever de l'inutilité intrinsèquement amorale de leur activité, empêchent tout de même que celle-ci ne représente une menace immédiate pour la santé de la banque ou celle de l'économie mondiale. Au contraire des poubelles imaginées et revendues par nos sailze, qui elles peuvent vite devenir incontrôlables – les subprimes responsables de la crise financière de 2008, par exemple.

Mais il ne faut pas généraliser non plus. Comme partout, tu as aussi des chic types qui font ce métier. Tu as des gens bien qui finissent là par erreur. Parce qu'à la fin de ses études, on ne sait pas toujours tout sur la carrière que l'on est sur le point de choisir et parce que l'on peut se tromper ou être mal influencé. Parfois, on ne la choisit même pas d'ailleurs, sa carrière. On finit par s'engager dans telle ou telle voie par une suite aléatoire d'événements et puis l'on y reste, parce que personne n'est un surhomme et parce que, soyons honnêtes, ça fait chier tout le monde de bosser. Alors dire que tous les « sales » sont des sales types et des escrocs serait mentir.

Pour Thierry Harper toutefois, c'est la froide vérité. Thierry Harper est un sale type et il est particulièrement bête et malhonnête.

Thierry Harper est un homme de petite taille, ventru et bossu. Il n'a pas de cou. Il est français. Il a toujours sur le visage un sourire narquois et niais lorsqu'il te parle. D'ailleurs, il vaut mieux qu'il ne te parle pas, Thierry Harper. S'il te parle, c'est qu'il est en train de monter un mauvais coup dans ton dos.

C'est un requin, Thierry Harper. La journée avait mal commencé. Mais la situation se complique. Gérer cet animal est probablement la dernière chose que j'ai envie de faire. L'Égypte est au bord de la guerre civile et je suis malencontreusement assis sur plusieurs jours de consommation de pétrole de la République française.

L'homme ventru et sans cou s'arrête à côté de moi.

— Ça va ?

Il sourit de son sourire niais et narquois.

— Ouais. Quoi ?

— Un très bon client à moi a besoin d'un prix là, tu peux regarder s'il te plaît ? C'est très important.

C'est un mensonge. Thierry Harper n'a pas de client. Personne n'appelle jamais Thierry Harper directement, voyez-vous. Les gens appellent notre banque parce que le nom de celle-ci est connu et parce que sa franchaillze est reconnue et Thierry Harper est celui qui, parfois, se donne la peine de répondre au téléphone d'un ton mielleux et faux.

— Ok. Envoie-moi ce dont tu as besoin.

Le mec se croit tout droit sorti de la cuisse de Jupiter. Je préfère vous prévenir. Il ne se tient pas en piètre estime. Il est convaincu d'être une espèce de pièce maîtresse de notre institution financière tout entière – voire de la planète financière dans son ensemble. Pourtant dès qu'il a un truc à faire, il stresse, panique, crie, appelle au secours, devient rouge cramoisi, c'est un drame, une véritable affaire d'État.

Putain de Thierry Harper.

Je fais son truc, ce n'est pas compliqué, je le lui envoie et n'en ai plus de nouvelles.

Ce ne devait pas être si important que cela.

Bien.

Entre nous, il n'a probablement pas compris ce que le client lui demandait et n'ose pas l'avouer et il se cache maintenant et fait semblant d'être passé à autre chose.

Mais ce n'est pas grave. Peut-être d'ailleurs que le client n'a lui-même pas compris ce qu'il demandait. Peut-être en ce moment même se gratte-t-il la tête, confus, chez lui. Je ne sais pas. C'est possible aussi.

Le schmilblick s'est perdu dans un méandre inextricable et insondable d'incompétence. Rien d'inhabituel ici. Au contraire. La routine.

Putain de système.

Mon boss est arrivé. Les marchés sont nerveux. L'on passe une bonne partie de la matinée avec l'équipe à discuter de ce qu'il faut faire. Comment les gens aux États-Unis d'Amérique vont-ils réagir si le canal de Suez est ou risque d'être coupé? Je regarde de temps à autre mon portable. Elena n'a pas répondu. Elle fait chier elle aussi.

Sous mon impulsion, on conclut alors que les Américains craindront davantage les risques de contagion aux pays exportateurs de pétrole que les éventuels risques de perturbation de l'économie mondiale. L'argumentaire est simple. Ils – les Américains – ont besoin de leur voiture pour aller travailler. Ils ont besoin de leur voiture pour s'acheter à manger. Si l'Arabie saoudite sombre dans une atroce et sanglante guerre civile, ils payeront plus cher leur plein d'essence. Certains ne pourront plus aller travailler. D'autres ne pourront plus se nourrir et privés de chips et de hamburgers, ils risquent de mourir de faim. C'est terrible. La menace est immédiate.

En revanche, si l'économie mondiale ralentit, la situation est moins claire déjà. Le Missouri a des chances d'être épargné. La menace est plus distante.

Pas de doute donc, poussés par la peur, ils achèteront. Nous n'avons rien à faire. Nous avons déjà beaucoup de pétrole. C'est bien.

Enfin. C'est bien sauf que je n'ai toujours pas eu de nouvelles d'Elena, moi. Et je ne peux plus lui écrire ou l'appeler parce que sinon elle va penser que je suis vraiment devenu fou. Je ne peux plus rien faire. Il ne me reste qu'à attendre. J'ai horreur d'être dans ce genre de situation. C'est extrêmement frustrant. D'ordinaire, je les évite, ces situations-là. Je ne sais pas ce que j'ai fabriqué cette fois-ci.

D'autant que du coup, je ne peux pas appeler Julien non plus. Je veux dire, je ne vais pas l'appeler et l'écouter m'annoncer qu'il va bientôt avoir un enfant avec sa jolie femme qu'il aime, et moi lui répondre que je me suis fait plaquer par une Espagnole psychorigide et anorexique qui bouge trop la nuit et qui ne veut pas avoir de gamins. Ce ne serait pas sérieux.

L'après-midi commence sur les chapeaux de roue. Comme prévu, les cours montent, irrésistibles, et à 14 h 27 on reçoit un e-mail du «head», le chef, de l'équipe de Vente de Solutions Optimisées pour les Clients Institutionnels Zone Nord Amérique :

D'ici à mardi prochain, le gouvernement tunisien aura démissionné. Ainsi que le gouvernement égyptien.

L'e-mail fait deux lignes. Il ne laisse, vous le voyez, pas de place au doute ou à la discussion ou à la contradiction ou à quoi que ce soit. Il est d'un ton lisse et péremptoire. Je le lis encore une fois. Pour être sûr.

D'ici à mardi prochain, le gouvernement tunisien aura démissionné. Ainsi que le gouvernement égyptien.

J'enterre mon visage dans mes mains et ferme les yeux.
Les cons.
Je me sens las brusquement.
Comment en arrive-t-on à se forger des opinions aussi catégoriques ? Comment surtout en arrive-t-on à se dire qu'il serait dans l'intérêt du reste de l'humanité de les partager, ces putains d'opinions ? Hein ? COMMENT ? Je vous le demande, moi. Comment ?
C'est usant, je trouve. C'est le genre de truc qui a le don de te foutre en l'air, en fait. Oubliez « le reste de l'humanité » et contentez-vous du « reste de la banque ». C'est déjà suffisamment grotesque.
Je ne sais pas, moi. Je veux dire, que l'on soit fort en vente de solutions optimisées aux clients institutionnels nord-américains est une chose. Mais en quoi cela peut-il bien rendre ton avis sur la crise politique tunisienne pertinent ? En quoi ?
Alors vous pensez peut-être que j'exagère, que les gens

dans les banques ne sont pas aussi arrogants que ça. Sauf que vous n'avez jamais parlé à Thierry Harper. Ni à aucun de ses collègues d'ailleurs. Vous seriez atterrés. Foudroyés. Et je pèse mes mots. Ils ont tous quelque part en tête l'inébranlable conviction que ce qu'ils pensent est à la fois intéressant et juste, et surtout plus intéressant et plus juste que ce que vous pensez vous. Preuve en est, ils sont mieux payés que vous.

Fascinant. Tout bonnement fascinant. Je vous assure.

Dans la foulée, à 14 h 36, c'est décidément un complot, nous recevons un e-mail signé de Nick the Prick et marqué d'un point d'exclamation rouge vif pour mieux alerter de sa grandissime importance.

Comme l'on s'y attendait, les Frères Musulmans refusent d'avance tout gouvernement de transition!
Restez long! Good luck!

Être «long» signifie posséder un titre afin de pouvoir profiter de la hausse de sa valeur. C'est l'inverse d'être «court» et de bénéficier de la baisse d'une valeur. C'est un terme de spéculation. C'est la base de la spéculation en fait.

Nick the Prick n'avait jamais entendu parler des Frères Musulmans avant aujourd'hui. Il a beau avoir fait le meilleur MBA de l'Univers, il vit tout de même à Dallas, dans l'État du Texas, aux USA. Hier, il me parlait des Têtes-Épaules Inversées et des nuages d'Ichimoku et m'informait que la Chine était un pays peuplé. Il ne mentionnait pas la Tunisie et encore moins l'Égypte, il n'a jamais vu un musulman de sa vie. Et là, il fait le malin et envoie des e-mails à la Terre entière et pense être le premier à entendre parler des Frères Musulmans. Il se dit sûrement que tout le monde va devoir vérifier qui sont ces fameux frangins. Il est surexcité (d'où le point d'exclamation rouge vif) et très fier de lui.

Si je le croise, c'est simple, je lui fous un pain dans la gueule. Et je réfléchirai après.

Ils me fatiguent, ces cons. Ils m'épuisent. Vraiment. Ils m'épuisent. Si n'importe lequel d'entre eux m'approche, en fait, je lui fous un pain dans la gueule et je réfléchirai après.

D'ailleurs, j'ai envie de me barrer d'ici. C'est bon. J'en ai marre. J'en ai assez vu. J'en ai assez entendu. J'ai envie de démissionner. Pourquoi pas, d'abord, hein, oui, pourquoi pas. Je vais démissionner. Fuck it. Je vais démissionner.

Ils me gonflent avec leurs Têtes-Épaules-Inversées et leurs nuages d'Ichi-mon-cul et leurs e-mails de merde et leur prétention d'incultes. ILS ME GONFLENT. Je vais démissionner.

14 h 52. Ça ne va pas. Je sors fumer une cigarette. Il faut que je me calme. Il ne sert à rien de s'énerver comme ça non plus. Ce n'est pas bon pour ma santé. Je vais mourir jeune, moi, si je continue. Et je ne veux pas mourir jeune. J'aime bien la vie, moi.

Je ne sais même pas comment on fait pour démissionner, de toute façon. Il faut écrire une lettre, non ? Une lettre de démission, j'imagine. Cela paraîtrait logique.

Un peu de nicotine. Au pire, j'écris la lettre ce soir et démissionne demain matin.

Zut. Pas ce soir. Il y a l'anniversaire de mon pote, ce soir. Je ne vais pas avoir le temps. Demain. J'écris la lettre demain et démissionne dans la foulée. Et puis on en parle plus.

Dehors, je regarde mon portable. Elena m'a peut-être répondu. Ce serait bien ça, qu'elle m'ait répondu. Ce serait une bonne nouvelle. Et j'ai besoin d'une bonne nouvelle. Ça m'aiderait. S'il vous plaît, une bonne nouvelle. Rien qu'une seule.

Oui !! J'ai un message.

Je remets en un éclair mon portable dans ma poche. Je regarde furtivement autour de moi. Je m'éloigne discrètement, comme un voleur. Je vais me cacher contre un mur. Je ne veux pas être dérangé pendant que je lis sa réponse, vous comprenez, j'ai envie d'être tranquille, je veux pouvoir la savourer et en profiter comme il se doit.

Derrière mon mur, tel un enfant, je retiens mon souffle et ressors mon téléphone de ma poche.

Bon.

Je rentre mon code – cinq lettres et deux chiffres,

c'est long lorsque l'on est pressé mais cela a l'avantage de présenter un niveau de sécurité suffisant au regard des standards d'encryptage de mon entreprise. Ce Black-Berry, voyez-vous, est celui que mon entreprise met gracieusement à ma disposition afin que je reste joignable à tout moment du jour et de la nuit.

J'appuie sur deux trois boutons pour afficher le message.

Attention…

Julien

Le con.

Mais MERDE à la FIN ! Qu'est-ce qu'il me veut celui-là ? ÇA VA, J'AI COMPRIS. Je sais qu'il va avoir un gamin et qu'il est heureux comme un pape avec sa petite vie tranquille et chiante et sa bonne conscience de médecin. Je sais qu'il faut que je le rappelle. C'EST BON. Il peut me foutre la paix trente secondes aussi, NON ?

Je jette un coup d'œil dégoûté et noir sur son message :

Salut, vieille branche ! J'ai essayé de te joindre hier. Rappelle-moi quand tu peux.

J'ai une nouvelle merveilleuse à t'annoncer.

« Vieille branche. » Je vais le tuer. JE VAIS LE TUER.

Je remets mon portable dans ma poche et d'un pas rageur retourne à mon bureau. C'est un putain de complot, je vous dis. Ils veulent ma peau. Les enfoirés. Ils veulent tous ma peau.

Je n'ai pas intérêt à croiser quelqu'un sur mon chemin.

On est à 103 dollars maintenant. J'ai gagné 10 millions de dollars depuis lundi matin. Heureusement qu'il y a cela, tiens.

2

Mon pote qui fête ses trente ans ce soir n'est pas encore un adulte. Il n'a pas de femme. Il n'a pas d'enfant, pas d'emprunt immobilier, ni même de voiture. Il n'a aucune attache. Nulle part. Il n'a rien pour l'inciter à être responsable ou sage ou mature. Il gagne beaucoup d'argent et en dépense à peu près autant. Il n'a pas grandi. Il voyage sans cesse. Fait ce qui lui passe par la tête. Ne se prive de rien. C'est un sale gosse.

Dans certains pays, ce n'est pas pareil. Tu es déjà un adulte à trente ans. Tu es un peu comme Julien. Tu es un être humain responsable.

Tu es marié. Depuis longtemps parfois. Tu vas avoir, es sur le point d'avoir ou as déjà eu un voire deux ou trois gamins. Ton métier est grosso modo sain. Il est moralement acceptable. Tu t'es endetté pour acheter ton appart et bosse dur pour payer chaque mensualité. Le remboursement va prendre au moins vingt-cinq longues années mais tu préfères ne pas y penser.

Par contre, en général, à trente ans, dans ces pays-là, ton cercle d'amis s'est déjà réduit de manière inquiétante. Tu as perdu de vue la plupart de tes potes d'université, tes collègues t'ennuient à mourir. Tes discussions sur l'envolée des prix de l'immobilier, sur la couleur de tes rideaux et sur ta cuisine intégrée font chier tes derniers amis. Comme si les fours pyrolytiques et autres lave-vaisselle à cycle court étaient soudain devenus ta grande passion. Miele, Bosch, Siemens, Zanussi, t'es plutôt calé à vrai dire.

Mais le drame surtout, c'est que tu t'es installé dans le confort cosy de ton mariage et as maintenant des idées arrêtées sur à peu près tout. Tu es un bon père de famille. Armé des meilleures intentions, tu penses que ton nouveau statut patriarcal t'a donné le droit de forger ces convictions et tu t'es donné comme mission d'en faire profiter les autres.

Non. Tu es vieux et chiant. C'est tout. À trente ans, c'est jeune, mais ce n'est pas ta faute non plus. C'est comme ça. Tu t'es fait écraser par le poids d'un conformisme social contre lequel il est, soyons honnête, impossible de lutter bien longtemps.

Je ne dis pas cela pour Julien, mais passe tout de même le reste de la journée à ruminer cela comme un vieux chewing-gum. Je ne sais pas si je suis prêt, moi.

J'ai peur.

On doit se retrouver au Fulham Club, ce soir.

Le Fulham Club est un « member club ». C'est un club, dans le sens anglais de boîte de nuit, mais c'est un club qui ne laisse entrer que ses membres – ainsi que les invités de ceux-ci.

Alors attention. Je vous arrête tout de suite. Devenir membre du Fulham Club n'est pas chose facile. Ce n'est pas donné à n'importe qui. Pour commencer, il faut être coopté par au moins deux personnes qui sont elles déjà membres. Ensuite, il faut débourser 1 000 pounds par an. Soit un peu plus de 1 158,50 euros (selon le taux de change EURGBP en vigueur). Enfin, il faut passer avec succès un entretien d'admission.

Si. Je vous jure. Un entretien d'admission.

On te pose toutes sortes de questions durant cet entretien. En fait, l'on veut surtout savoir si tu es riche, si tu es cool et l'on veut vérifier que tu n'es pas trop moche.

Si tu es pauvre, si tu n'es pas cool ou bien si tu es laid, on ne te laisse pas dépenser 1 000 pounds par an pour être membre du Fulham Club (le « FC » pour les intimes). C'est dur. Impitoyable. Mais du coup, tout le monde est riche, beau et cool au FC.

D'ailleurs, si tu es vraiment très riche et très beau et très cool, on te laisse même dépenser 15 000 pounds et tu deviens alors membre à vie du FC – ainsi que d'une poignée d'autres clubs privés et élitistes, éparpillés aux quatre coins du monde. À Hong Kong, Beyrouth, Londres, New York, Miami et LA notamment.

De nombreuses personnalités plus ou moins connues vont régulièrement au FC. Il y a des joueurs de foot par exemple au FC, des membres de la famille royale, des amis des membres de la famille royale, des amis des amis des membres de la famille royale, des chanteurs, des présentateurs télé, des acteurs de cinéma, etc., et du coup, tu n'as pas le droit de prendre de photos à l'intérieur du FC. Ceci pour éviter que ces photos ne se retrouvent le lendemain dans les tabloïds du pays. C'est une règle d'or.

Normalement, tu ne peux pas non plus avoir plus de trois invités au Fulham Club. C'est une autre règle d'or. Ceci est bien stipulé dans le règlement intérieur que l'on te fait signer lors de ton admission en tant que membre.

Mais Seb, mon pote qui fête ses trente ans ce soir, a appelé pour prévenir. De manière exceptionnelle et du fait de l'importance extrême de l'événement, le manager de l'établissement l'a autorisé à déroger à cette règle-là.

À 23 heures, nous sommes donc quatorze.

Nous sommes accueillis par le manager en personne. Il serre la main de Seb.

— Happy Birthday, Seb.

— Merci.

Il peut être sympa avec nous, le manager. Voyez-vous, pour l'occasion et pour en marquer l'extraordinaire portée à la fois symbolique et comptable, Seb a réservé une table ce soir au FC. Mais il n'a pas réservé n'importe laquelle, Seb. Il a réservé la meilleure table.

Cette dernière coûte la modique somme de 5 000 pounds.

5 000 pounds, je veux dire, c'est beaucoup d'argent bien sûr. Mais souvenez-vous, Seb n'a ni femme, ni enfant, ni emprunt immobilier (il a déjà remboursé celui-ci dans son intégralité grâce à ses gros bonus de fin d'année) et Seb gagne très bien sa vie et ne sait pas quoi faire de celle-ci. De sa vie, j'entends.

Seb est sailze. Comme Thierry Harper. Sauf que Seb est un chic type lui. Plutôt comme Rodrigo donc. Mais avec plus de séniorité que Rodrigo et donc des revenus plus élevés.

Si d'aventure vous vous posez la question, avec 5 000 pounds, au FC, tu as six bouteilles de champagne (du Dom Pérignon – c'est l'un des meilleurs, on dit du DomPé entre nous), trois bouteilles de vodka (de la Belvédère, probablement la meilleure aussi), ainsi que trois bouteilles de whisky (du Bowman, un très bon whisky). Voilà. Avec 5 000 pounds, environ cinq mois de salaire minimum en France, d'autres personnes feraient probablement autre chose, j'imagine. Pas Seb.

Mais bon. Il a trente ans. Il faut essayer de le comprendre aussi.

Merde, à la fin.

Nous entrons telles des rock stars.

— On va bien se marrer, mec.

— Ah! Nan c'est clair, on va se marrer. Ça va être sympa.

Je lui tape sur l'épaule en passant la porte.

Avec Julien, Seb est probablement mon autre meilleur ami. Ce n'était pas le cas lorsque je suis arrivé à Londres. Il y a six ans. Je le connais pourtant aussi depuis une éternité, Seb, nous avons étudié ensemble, mais je ne sais pas, ce n'était pas pareil avant. Nous étions différents avant. J'étais plus proche de Julien.

Seulement voilà, six années dans une ville et dans une industrie, à vivre ce genre de vie, à cet âge, cela te change. C'est normal. Ce sont des choses qui arrivent. Surtout que pendant ces années-là, nous avons fait les quatre cents coups ensemble, Seb et moi. Si bien que beaucoup de ce que nous sommes aujourd'hui vient de cette époque. Alors oui, nous sommes très proches. Il est peut-être maintenant la personne qui me ressemble le plus. Celle avec laquelle j'ai le plus en commun.

— T'as ce qu'il faut?

— Si j'ai ce qu'il faut? T'inquiète. Bien sûr que j'ai ce qu'il faut.

On entre.

Derrière nous, le reste du groupe suit.

Il y a Matt, un collègue allemand de Seb. Il y a aussi Julio et Sandra, deux de leurs anciens collègues espagnols. Il y a Emily, une avocate sud-africaine avec laquelle Seb était sorti il y a quelques années et qui est depuis restée amie du groupe. Emily a invité deux de ses copines d'enfance qui sont là de passage à Londres. Les trois sont de grandes, belles et blondes filles. À croire que toutes les femmes ressemblent à Charlize Theron en Afrique du Sud.

Et puis, il y a aussi notre petite mafia française. Quatre mecs (qui tous travaillent dans la finance évidemment) et une nana qui fait elle du «graphic design».

Enfin, il y a Philippa, une amie mannequine argentine et Sonia, une collègue à elle. Sonia est estonienne.

Voilà. C'est un beau groupe. Je connais tout le monde à l'exception des deux amies d'Emily et de Sonia, la top model estonienne.

On s'installe à notre table. On nous apporte nos bouteilles.

Le truc pourtant, c'est que dans ce genre d'endroit, on ne te les dépose pas sur ta table comme cela, discrètement, tes six bouteilles de DomPé. On fait les choses bien dans ce genre d'endroit. On commence par arrêter la musique. Et puis on met à fond un air triomphal et militaire, dans le style de la B.O. de *La Guerre des étoiles*, et enfin trois serveuses en sous-vêtements noirs fendent la foule dans ta direction, avec une bouteille de DomPé dans chaque main, les deux bras en l'air et, accrochées aux bouteilles, des feux follets qui crépitent dans l'obscurité.

Je veux dire, quitte à dépenser cinq mois de salaire minimum dans une boîte de nuit, autant le faire proprement. Vous ne pensez pas ? Et tu as tout intérêt aussi à ce que cela se sache. Sinon je trouve, ce ne serait pas si amusant et ne vaudrait pas AUTANT le coup.

Je me permets d'insister sur le « autant ».

Les serveuses arrivent avec nos bouteilles.

Il y a d'autres avantages à avoir une table dans ce genre d'établissement. Il y en a deux en fait. Le premier, c'est que comme cela, ton groupe reste plus ou moins uni tout au long de la soirée. Les gens ne se dispersent pas trop et tu peux passer un bon moment avec tout le monde. C'est important d'avoir un point de chute.

Le second avantage, plus pratique celui-ci, c'est que cela t'évite de faire la queue au bar pour avoir un verre. Et entre vous et moi, il n'y a rien de pire que de faire la queue au bar pour avoir un verre.

Pour commencer, cela peut prendre une éternité. Ensuite, tu finis toujours par avoir des problèmes lorsque tu fais la queue au bar. Si tu es un mec, je veux dire. Soit tu n'as pas de chance et tu as un autre mec à côté de toi et il va te pousser, te bousculer, chercher à se battre et essayer de commander avant toi. Et ce parce que c'est la jungle, un bar, voyez-vous. Les mâles doivent montrer aux femelles qu'ils sont des mâles dominants.

Soit tu n'as pas de chance non plus, et c'est une femelle que tu as à côté de toi et là, tu risques de lui offrir un verre parce qu'elle a un joli décolleté ou une minijupe ou simplement parce qu'elle est belle et que tes hormones prennent le dessus.

Bref, tu finis toujours par avoir des ennuis lorsque tu pars commander seul au bar. Je suis bien content que l'on ait une table ce soir.

La musique bat son plein. Les gens dansent.

Danser, pour être clair, cela ne veut pas dire danser le rock ou la samba ou le tango ou je ne sais trop quoi de ringard. Danser veut simplement dire bouger son bassin, *pelvis* lever ses bras en l'air et battre la mesure avec ses mains et ce genre de choses.

Les filles entre elles s'amusent aussi à danser de manière plus ostentatoirement provocante et sensuelle, mais en général elles arrêtent lorsqu'un mâle se rapproche d'elles. Ce n'est qu'un jeu. Ce n'est pas pour de vrai.

— C'est la première fois que tu viens à Londres?

Je parle à l'une des deux Sud-Africaines.

— Oui.

— Ça te plaît?

— Oui, j'adore. I love it!

Il faut crier pour s'entendre dans ce genre d'établissement.

— C'est tellement beau. Et puis, il y a tellement de choses à voir et de trucs à faire, no seriously, I LOVE IT!

Je souris. Ce que j'apprécie avec les gens qui ne sont pas français, c'est qu'ils ne sont pas négatifs et pessimistes et blasés tout le temps. C'est agréable, je trouve. *Les français*

— Vous avez fait quoi?

— Euh, on a pas mal marché. Chelsea, Fulham,

Notting Hill, Camden, Shoreditch, Soho, Mayfair. Et puis on a fait du shopping. Il y a tellement de magasins ici. C'est incroyable. And I love Harrods!

— No, I loooooooooove Harrods!!

Sa copine se joint à notre «conversation».

Nous sirotons tous les trois notre champagne.

Le Fulham Club est plein à craquer. Nous ne sommes que jeudi pourtant. La plupart des gens normaux sont censés travailler demain vendredi. Mais encore une fois, il n'y a pas beaucoup de gens normaux ici. C'est ça, le truc.

Sonia et Philippa se sont mises pieds nus. Elles sont debout sur les banquettes et se trémoussent l'une contre l'autre. Elles sont mannequines toutes les deux, alors il y a pas mal de mecs dans la boîte qui les regardent avec envie et autant de filles qui les regardent avec jalousie et qui ont décidé qu'elles étaient jolies certes, mais qu'elles étaient bêtes et superficielles.

C'est un jugement lapidaire et gratuit, mais il est probablement correct.

À côté de nous, trois joueurs de football relativement connus ont «pris une table» eux aussi. Ils sont entourés d'une petite dizaine de minettes en minijupe, plus sexy les unes que les autres. Ils ont leurs bouteilles de DomPé, leurs bouteilles de vodka et leurs bouteilles de whisky. Ils ont même du gin, eux.

Les Anglais, lorsqu'ils décrivent cela, parlent de

«Bottles and Models». Pour la rime, en anglais, et aussi parce que c'est une description plutôt juste de ce fascinant phénomène. Des bouteilles et des modèles. Point.

— Ce sont des joueurs de Chelsea.

— Ha.

Les Sud-Africaines ne connaissent pas le Football Club de Chelsea. Elles sont intriguées quand même.

Je finis mon verre et croise le regard de Seb. Je lui fais un signe de la tête. Il acquiesce en clignant des yeux. C'est parti.

Je m'excuse auprès des deux Charlize Theron et lui emboîte le pas.

On entre dans les toilettes des hommes. On donne 20 pounds à la dame pipi. La dame pipi est un Black d'environ 1,80 m, bâti comme une armoire à glace. On referme la porte derrière nous. *built like a tank*

Pendant que Seb rabat le couvercle et l'essuie, je fouille dans ma poche et en ressort un petit sachet plastique rempli de poudre blanche. Seb a sorti sa carte de crédit et commence à dessiner de fines lignes blanches avec celle-ci sur le couvercle des chiottes. J'enroule moi un billet de 20 pounds sur lui-même. *cocaïne, oh,*

— Tu crois que c'est de la bonne, cette fois-ci?

Samedi dernier, nous avions été déçus.

— Je sais pas. J'espère. T'es prêt?

— Yes.

Je lui tends le billet enroulé sur lui-même. Deux lignes

disparaissent. Il me rend le billet enroulé sur lui-même. Deux autres lignes disparaissent.

On sort des toilettes. La dame pipi ferme les yeux. Derrière nous, deux autres mecs attendent leur tour pour faire pareil. Et derrière eux, il y en a encore deux autres.

Ce doit être très lucratif d'être dame pipi dans ce club. Et puis fermer les yeux est un métier qui paye bien.

— Joyeux anniversaire, mon vieux.

Je lui tape une nouvelle fois sur l'épaule.

— Merci mec. Alors, ces Sud-Af?

— Bah, pas mal, écoute.

Je souris. J'ai toujours la main sur son épaule.

— Tu crois qu'Emily va apprécier?

— Elle s'en fout, non?

— Je ne sais pas. Peut-être. J'imagine.

— Oui.

Et puis on est à nouveau à notre table et je m'installe au milieu des deux Sud-Africaines.

3

L'ambiance peut vraiment devenir incroyable, certains soirs, au Fulham Club. Il suffit en général de un ou deux groupes qui s'amusent vraiment bien pour que l'endroit s'embrase et que tout le monde suive.

Ils jouent des tubes commerciaux en boucle dans ce style d'établissement, mais tu ne t'en lasses pas, je trouve. C'est une musique qui te met toujours de bonne humeur. Elle te fait oublier tes misères de la journée. Tu te crois en vacances ou dans un autre monde et tu lèves les bras en l'air comme un bienheureux et bouges ton bassin et bats la mesure avec tes mains. Je ne sais pas. Il ne faut pas trop réfléchir évidemment. Mais si tu acceptes de ne pas trop réfléchir et si tu te laisses un peu aller, tu peux véritablement passer un moment agréable au Fulham Club à danser sur ce genre de musique. Ceci est d'ailleurs le cas de n'importe quel club. C'est mon opinion, au moins.

Et puis encore une fois, je veux dire, il faut bien vivre avec son temps. C'est un peu comme le Super Bowl, si vous voulez.

Ce soir en l'occurrence, l'ambiance commence à devenir particulièrement bonne. L'alcool fait ses premiers effets. La drogue aussi. Les spots lumineux balayent chaque recoin du FC et les inondent de bleu, de jaune, de rouge et de blanc (cela plairait sûrement à Piet, tiens).

Si vous vous demandez ce que les gens viennent chercher ici, je suppose que je répondrai que cela dépend de qui ils sont.

Pour commencer, si tu es une star, tu vas aimer le Fulham Club parce qu'on t'y fout une paix royale. Le FC est ce qu'il convient d'appeler un « refuge de star ». Très glamour. C'est un endroit où tu peux être une star comme une autre, tranquillement. Incognito. Et puis surtout, tu peux t'y bourrer la gueule sans que personne le sache et sans que cela fasse les choux gras de la presse à scandale le lendemain. C'est un énorme avantage. Souvenez-vous, il est interdit de prendre des photos ici.

Parce qu'il y a tous les soirs autant de célébrités ici, les jolies filles y viennent dans l'espoir de rencontrer celles-ci. Les jolies filles ainsi que les stars femelles attirent elles des mâles riches et parvenus. Ces mâles aisés attirent à leur tour d'autres jolies filles et c'est ainsi une sorte de chaîne vertueuse qui s'auto-entretient à merveille.

Les jolies filles viennent être jolies. Les hommes riches viennent être entourés de jolies filles dans l'espoir d'en convaincre une ou deux de venir forniquer avec eux.

Voilà. Une recette plutôt rudimentaire mais très efficace.

Après, tout le monde n'est pas aussi vénal et certaines personnes viennent simplement passer ici un bon moment et oublier que l'on est jeudi et qu'il fait sûrement froid dehors et qu'il pleut et que cela fait chier qu'il soit jeudi et qu'il pleuve et fasse froid dehors.

Je continue de parler à ma Sud-Africaine. Matt s'est chargé de parler à celle qui «looooove Harrods». C'est un travail d'équipe, voyez-vous. Il s'agit de séparer les proies dans le but de les affaiblir et de mieux en venir à bout. Technique de chasse développée il y a longtemps déjà par les hommes préhistoriques. Toujours d'actualité néanmoins. Rien de nouveau sous le soleil.

Seb me tape sur l'épaule. Il glisse deux mots à ma nouvelle amie. Je m'excuse auprès d'elle.

On donne 20 pounds à la dame pipi d'1,80 m bâti comme une armoire à glace. On ferme la porte derrière nous. Seb rabat le couvercle, le nettoie, je sors mon petit sachet, verse un peu de poudre blanche, Seb dessine ses lignes, je roule un billet et puis les lignes disparaissent et on ressort.

Ha. Je commence à me sentir bien.

Julien est loin, cet abruti de Nick the Prick aussi, sans parler de Thierry Harper et des autres. Oui. Ils peuvent aller se faire foutre maintenant, tous autant qu'ils sont. Les gens lèvent les bras autour de moi, lèvent leurs verres et les filles font valser leurs cheveux dans leurs dos.

Fuck them all.

Oui, je commence à me sentir bien.

Seb me tombe dessus.

— Mec, Julio va à Vegas demain. Tu ne veux pas qu'on y aille avec lui?

— Où ça? À Las Vegas?

— Oui.

— Demain?

— Oui.

— Mais t'es fou!

— Non.

— Si, t'es malade.

— Non.

— Mais c'est loin!

— Quoi? Vegas?

— Bah oui.

— Pas du tout. Regarde, tu poses ton lundi, on part demain fin d'aprèm, on arrive en début de soirée, on fait la fête toute la nuit, demain pool party, demain soir on sort, dimanche pool party – ce sont les meilleurs –, dimanche soir on joue un peu, lundi on repart, on est au bureau mardi matin à l'aube, frais comme des gardons.

— Tu veux?

— Oui.

— Ça coûte combien?

— Tu t'en fous, non?

— C'est vrai.

— Alors on y va ?

J'hésite. Les « pool parties » de Las Vegas sont les meilleures pool parties du monde. Les pool parties du dimanche sont les meilleures pool parties de Las Vegas. Elles sont complètement folles. Il n'y a rien qui soutienne la comparaison avec une bonne pool party de Las Vegas, Nevada. Il fait chaud. La musique est forte. Et puis, oui, tout le monde est déjà presque nu. C'est pratique.

Une pool party, au cas où vous en auriez jamais fait, c'est un peu comme une boîte de nuit sauf que c'est en plein air et en plein jour et c'est autour d'une piscine et tout le monde est en maillot de bain-lunettes de soleil (des Ray-Ban, c'est mieux, pour les lunettes de soleil).

— Ok. Pourquoi pas.

— Génial, je savais que tu dirais oui. T'es aussi taré que moi. Je te prends les billets. Tu me rembourseras là-bas.

Et là, il me laisse en plan et se jette sur un groupe de filles qui ont l'air d'être italiennes et qui passaient par là et il les invite à notre table.

Je le regarde, une seconde. Je viens de lui donner mon accord pour aller à Vegas demain après-midi. Je connais bien le vol, on y va souvent, il dure dix heures. C'est long. Mais oui, pourquoi pas. Après tout, on ne vit qu'une fois. On va bien s'amuser.

Ma Sud-Africaine sourit. Elle se rapproche de moi et on commence à danser, collés l'un contre l'autre.

Je mets ma main derrière sa taille et la serre contre moi.
Elle lève les mains au-dessus de sa tête et balance celle-ci
d'un côté et puis de l'autre. Ses longs cheveux blonds
dansent et elle ferme les yeux, je la serre plus fort. Elle
se penche en arrière et presse le bas de son bassin contre
le mien. La musique bat son plein. Elle se relève d'un
violent mouvement de reins et nos visages se font face
et nos lèvres sont proches. Elle me regarde fixement et
continue de bouger à droite et puis à gauche. Je ne bouge
pas. Elle rapproche à nouveau ses lèvres, je ne bouge pas
davantage, je la fixe droit dans les yeux et ma main est
toujours dans son dos et je la serre contre moi plus fort.
Puis brusquement, je l'embrasse. Elle abaisse ses bras et
pose ses mains autour de mon cou et nous faisons un
tour sur nous-mêmes l'un contre l'autre. Je ferme les
yeux.

Je n'avais jusqu'à aujourd'hui jamais embrassé Charlize
Theron. Je ne pense plus beaucoup à Elena. Je ne sais
pas, elle n'avait qu'à répondre. C'est sa faute aussi.

Le temps passe comme dans un rêve. Seb me tire par
le bras. Charlize veut que je reste mais Seb est plus fort
et on repasse donner 20 pounds à la dame pipi (qui en a
vu d'autres). On ressort, Charlize m'attend, je l'embrasse.
Matt embrasse Charlize numéro deux, Seb est en grande
discussion avec l'une des petites Italiennes. Elle est
beaucoup plus jeune que lui et il l'embrasse.

C'est de la bonne, cette fois-ci. Je me sens invincible tout d'un coup.

Putain.

C'est vrai, ça, je me sens invincible. Ça fait du bien, cette sensation. Je bombe le torse. Où j'en étais, moi, déjà? Oui. C'est pas un cow-boy de Dallas, Texas, qui va m'apprendre qui sont les Frères Musulmans. Nan mais, sérieux. Ou me donner son avis sur le gouvernement tunisien, bordel de merde, et encore moins m'apprendre où est la Chine. Ils se prennent pour qui, à la fin? Ils sont fous, les mecs.

Et Elena. Elena, elle ne veut pas répondre. Pourquoi elle ne veut pas répondre, d'abord? Hein? De toute façon, Charlize est plus belle. Et elle est plus sexy et avenante et sensuelle et elle est là, elle au moins.

Je vais lui dire. Ouais. C'est fini. Je vais le leur dire à tous.

Je sors mon BlackBerry. C'est fini. Je tapote une ligne. Ça suffira. Ça leur apprendra. C'est fini.

Envoyer

Oui, ça leur apprendra. C'est fini.

Envoyer

Charlize colle sa bouche contre la mienne et je ferme les yeux.

4

Nous sommes chez moi avant que ni Charlize ni moi ne nous en rendions véritablement compte. J'habite juste à côté, il faut dire. C'est relativement pratique dans ce genre de situation, croyez-moi. Cela a fait ses preuves à maintes reprises.

— Tu veux boire quelque chose?

— Ça dépend. Tu m'offres quoi?

— Champagne. Whisky. Vodka. Je ne sais pas. Je dois avoir du vin blanc quelque part. Ce que tu veux. C'est la fête.

Elle m'observe attentivement, une seconde.

— J'ai entendu dire que ce n'est pas mauvais, ça, le champagne. Non?

— Ouais. C'est l'écho que j'ai eu aussi.

— Ah. Champagne alors. Champaaagne for me!

Je suis certain qu'elle n'a pas envie de boire. Elle a déjà bien assez bu. Mais elle veut se sentir spéciale. Si j'ouvre une bouteille de champagne pour elle, c'est que peut-être oui, elle est spéciale. Champagne for her!

Elle est assise sur l'un des canapés blancs de mon salon et croise les jambes. Elle a un jeans bleu moulant et des ballerines en cuir rouge. Elle est belle.

— Plutôt sympa, l'appart, dites donc, Mister Bachelor.

Je sors deux verres à pied et souris. J'ouvre une bouteille que j'avais stockée au frigo plus ou moins exprès pour ce genre d'événement, nous sers deux verres et retourne m'asseoir à ses côtés.

Un «bachelor», c'est un sale type comme moi, la trentaine, qui vit seul et ramène chez lui de temps à autre des jolies filles comme elle.

— Thank you, Mister. C'est quoi ce livre?

Nous levons nos verres et trinquons, en nous regardant dans les yeux. Il paraît que sinon, c'est sept ans de mauvais sexe et sept ans, c'est long et je n'ai pas envie de tenter le diable avec ces choses-là. Alors même ivre mort, je fais gaffe.

— Ce livre?

— Yes. This book.

Elle me montre le livre en question.

— Rien. C'est un truc sur l'histoire de l'art que l'on m'a offert.

Je mens. C'est un livre sur l'histoire de l'art que je me suis acheté tout seul. Je suis passionné d'histoire de l'art. Mais cela ne passe pas toujours très bien, vous savez, d'être quelqu'un qui s'achète comme cela des livres d'histoire de l'art tout seul. Cela peut sembler un peu ringard. Pas super cool. Si vous voyez ce que je veux dire. Pas forcément très sexy non plus. Je préfère donc mentir et dire qu'on me l'a offert et rester un mec cool. C'est plus sûr.

Elle l'ouvre. C'est un gros livre et elle ajoute :

— Je ne connais rien à l'art. Nothing at all.

Pas de surprise majeure ici.

— Moi non plus. Je le laisse juste là pour impressionner les filles.

Je continue de mentir. La meilleure défense est toujours l'attaque. Elle sourit.

— Malin. Ça marche ?

— Non.

Et je l'embrasse.

Entre vous et moi, ce qui marche à chaque fois en revanche, c'est de dire que ce livre est là pour impressionner les filles. Je ne sais pas pourquoi. C'est stupide. Vraiment. C'est peut-être à cause du type de filles qui se retrouvent assises sur ce canapé blanc, ou bien parce qu'elles ont le plus souvent déjà beaucoup trop bu lorsqu'elles se retrouvent assises là, ces filles. Ou bien parce qu'il est tard.

Bon, mais j'imagine aussi que les filles qui sont assises sur ce canapé blanc à 2 ou 3 heures du matin et qui ont trop bu ne sont pas là non plus pour trouver merveilleux un type qui lit un livre d'histoire de l'art. Elles préfèrent la version du séducteur. Elles se disent alors qu'elles ne sont pas les premières à s'être retrouvées ivres assises sur ce canapé blanc et cela les rassure et elles se laissent aller et se sentent un peu moins bêtes. Il est tard après tout. Elles n'ont pas bu autant pour rien. Elles n'ont pas fait mine de résister aussi longtemps pour rien. Elles n'ont pas monté les escaliers pour rien (troisième étage sans ascenseur). Elles ne sont pas là pour rien en gros. C'est bon. On ne vit qu'une fois. Je me suis bien battu, elles se disent qu'il est l'heure de céder et de me récompenser. Très animal comme manière de se faire la cour. Très sain donc aussi, j'imagine.

Je l'embrasse. D'une main, je lui enlève ses ballerines de cuir rouge. Elle a de jolis pieds dorés et du vernis rouge sur les ongles de ses doigts de pieds dorés. Affreusement sexy. Ma main court le long de ses jambes, sur ses hanches, le long de ses bras et puis elle redescend et puis remonte et se balade sur ses seins, passe dans son cou, court sur son ventre (plat) et puis sur ses cuisses à nouveau et sur ses seins et puis elle est sur son nombril, sous son chemisier moulant, remonte, entraîne avec elle son chemiser moulant, les boutons sautent les uns après les autres, son soutien-gorge est noir. Elle déboutonne ma chemise. Je déboutonne son pantalon, sa culotte est noire aussi. Elle est en dentelle.

— Let's go on your bed.

Je me relève un peu.

— Ok.

Elle passe son bras autour de mon cou, je passe ma main sous ses cuisses et je pose l'autre dans son dos et la soulève. Comme une mariée. Elle est légère comme une déesse.

Sur mon lit, je finis de lui enlever son blue-jeans, je lui enlève sa culotte de dentelle noire, elle est épilée comme une fille du Stringfellow et je l'embrasse. J'aime bien cette mode qu'ont les filles aujourd'hui d'être rasées comme cela. Je ne sais pas. C'est plutôt joli. Elle a ses mains dans mes cheveux et puis, après quelque temps, me tire légèrement pour me faire revenir près d'elle.

— Come over here, you Frenchie…

J'embrasse le bas de son ventre, son nombril, mes lèvres suivent les traits fins de ses abdominaux, je dégrafe son soutien-gorge, il tombe, je mords son téton gauche, caresse son téton droit et ses mains tâtonnent pour déboucler ma ceinture.

Je me relève un peu pour qu'elle y parvienne. Elle déboutonne mon pantalon, l'ouvre et passe sa main dans mon caleçon et saisit mon sexe, en me regardant dans les yeux et se mordant la lèvre inférieure.

Sacrée Charlize.

Ce n'est peut-être pas la taille qui compte, mais tout d'abord, ce n'est pas vrai pour toutes les femmes et ensuite que la taille compte ou ne compte pas, elles sont toutes nécessairement curieuses la première fois. Trop petite et elles vont se faire chier. Trop grosse et elles risquent d'avoir mal. L'équilibre est difficile à trouver. Je vous assure que la taille compte.

Treize centimètres, je crois que c'est la moyenne

nationale française. La moyenne nationale française est plus élevée que la moyenne nationale espagnole par exemple. Elle est plus élevée que l'anglaise aussi. Comme chacun sait, elle est moins élevée que la togolaise. J'imagine qu'elle est moins élevée que la moyenne nationale sud-africaine. J'espère qu'elle n'est pas trop déçue.

Déçue ou non, j'ai toujours est-il déjà mis un préservatif et je suis en elle et elle sourit et ferme les yeux et je souris et ferme les yeux et cela fait du bien, elle se sent bien et moi aussi. Elle gémit et je grogne. Cela dure un certain temps et puis c'est fini.

On se repose un peu, on parle un peu et puis on le refait.

Je le fais toujours deux fois la première nuit. Et puis pour marquer le coup, je le fais toujours au réveil aussi. La première fois, étant souvent saoul comme un cochon, c'est plutôt pour moi. La seconde, j'essaye de faire plus d'efforts pour qu'elle ait du plaisir aussi et bon, la troisième, c'est pour la route.

Mes voisins ne m'aiment pas trop du coup.

Après ce n'est pas juste de leur part, parce que grâce à moi, ils apprennent à dire «oh oui» dans différentes langues et ne sont pas près d'oublier comment l'on grogne en français.

Bon, et puis soyons clair, cela n'arrive pas tous les jours non plus. J'exagère un peu pour enjoliver mon récit.

Vendredi

1

À peine quelques heures plus tard, mon BlackBerry sonne comme un furieux et je mets une éternité avant de le retrouver dans la poche de mon blue-jeans à l'autre bout de ma chambre.

Aïe, j'ai mal au crâne. C'est horrible. Je vais mourir. Et ce con de Sébastien qui nous a acheté un billet pour Las Vegas.

Si, je vous assure, je vais mourir.

Je retourne me coucher et m'écroule aux côtés de Charlize Theron. Elle passe ses bras autour de mon cou.

Cela me fait penser d'ailleurs que je ne me souviens pas de son prénom. Ce n'est pas très élégant, je vous l'accorde, mais elle non plus, je suis certain qu'elle ne se souvient pas du mien. Ce n'est pas facile, les prénoms, vous savez. On ne vous les donne qu'une fois en général, au début lorsqu'on vous présente et il y a du bruit et tout, et après plus rien. Bref, je ne m'en souviens jamais.

— Good morning, pretty girl!
— Good morning, handsome.

Voilà. Elle non plus ne se souvient pas du mien. Classique. Ce n'est pas si choquant que cela, en fait. Vous vous y faites au bout d'un certain temps.

Je passe délicatement ma main dans son dos, sur ses bras, sur son ventre, dans son dos, sur ses bras, elle se blottit contre moi. Les femmes sont magnifiques. Il n'y a rien de plus beau qu'une jolie femme qui sourit parce qu'on prend soin d'elle. C'est à mourir de bonheur. Une femme qui montre qu'elle est heureuse et qui se laisse aller parce qu'elle sent qu'elle est entre de bonnes mains, cela fait fondre sur place le plus hermétique des cœurs masculins.

Il est simplement dommage que ces cœurs masculins souvent se referment à peine sortis du lit, il est dommage que les mains mentent sur les intentions des hommes et il est dommage surtout que les femmes et les hommes préfèrent ne pas faire tomber leurs masques et repartent sans demander leur reste et sans mettre à nu leurs sensibilités.

On fait l'amour une troisième fois. C'est toujours la meilleure, la troisième fois. On se connaît mieux. On est moins ivres. Après, le seul problème de la fois du matin, c'est que l'on a mauvaise haleine tous les deux. À cause de l'alcool de la veille. On s'embrasse un peu moins du coup, la fois du matin. Mais cela reste tout de même la meilleure, je trouve.

Elle se lève. Je lui donne une serviette propre et elle part prendre une douche. Elle s'éloigne, la serviette à la main, et ses fesses dorées se cognent l'une l'autre au fur et à mesure que lentement elle s'éloigne. Elle sait que je la regarde. Elle est sublime, croyez-moi. Elle s'arrête à la porte de ma chambre et se retourne et me dit en souriant :

— Je n'en ai pas pour longtemps. Je reviens.

Elle ne s'est retournée que pour que je la voie de face. Les femmes qui sont belles sont toutes les mêmes. Elles adorent montrer qu'elles sont belles et cela tombe bien parce que les hommes adorent voir à quel point elles sont belles. Le monde est bien fait tout de même.

Charlize – je ne connais toujours pas son véritable prénom – est d'une beauté canonique.

Elle est sous la douche. Je peux enfin lire mon Black-Berry tranquille.

J'ai reçu beaucoup d'e-mails. En fait, j'ai reçu beaucoup trop d'e-mails. Ce n'est pas bon signe. Il a dû arriver quelque chose de grave.

Merde.

J'en ouvre un.

**** *Tremblement de terre au Japon* ****

C'est quoi cette histoire ? Je me mets à lire. Ça a l'air grave. C'est le plus fort tremblement de terre dans la région depuis peut-être mille ans. Il va y avoir beaucoup de dégâts matériels, il faut espérer qu'il y ait peu de victimes. L'économie du pays va en prendre un coup et cela risque d'affecter certains marchés de matières premières. Cela peut avoir des répercussions sur l'économie mondiale. Il faut que j'aille au travail au plus vite. Il est sûrement déjà trop tard.

Merde.

Je lis un autre e-mail.

*** Tremblement de terre de magnitude 8,9 sur l'échelle de Richter. Un tsunami ravage les côtes ****

Merde. Et Charlize qui prend son temps sous la douche. Ne jamais croire une femme qui vous dit qu'elle n'en a pas pour longtemps dans une salle de bains. C'est une aberration. Évidemment qu'elle en a pour longtemps.

Bon. Je vais en profiter pour faire mon sac pour Vegas. Ce sera déjà cela de fait.

Un maillot de bain, des lunettes de soleil (mes Ray-Ban), des tongs, un jeans, des sous-vêtements, des chemises blanches pour sortir le soir, des chaussures noires pour sortir le soir, une boîte de préservatifs (au cas où) et surtout ma carte de crédit.

Voilà.

Charlize fredonne gaiement sous la douche.

**** On est sans nouvelles d'une ville entière ****

Ma gorge se noue. Comment peut-on être sans nouvelles d'une ville entière ?

Mon crâne me fait affreusement mal. Je bois une demi-bouteille d'eau minérale. D'une traite. Ça ne peut qu'aider. Des flashs de la soirée commencent à me revenir. Le FC, les chiottes du FC, les Italiennes, et puis on est venus ici.

Charlize se décide enfin à sortir de la salle de bains. Je l'embrasse, lui explique rapidement l'histoire du tremblement de terre, lui dis que je dois filer au plus vite.

Dix minutes plus tard, nous sommes dehors et nous nous disons adieu. Elle vit à Cape Town, l'échange de numéros de téléphone n'est donc pas strictement nécessaire. Il n'y a aucune chance que l'on se revoie de toute manière.

Cela ruinerait tout, en fait, de se donner maladroitement chacun son nom (pour Facebook) ou son numéro, juste pour dire que l'on a fait les choses «bien». Pour elle, ce qui s'est passé à Londres restera à Londres et pour moi, je ne sais pas, j'aimerais seulement revoir Elena et je suis content d'avoir passer une nuit bien accompagné. C'est toujours agréable de passer une nuit bien accompagné. Alors non, il n'y a pas besoin de faussement compliquer les choses dans l'espoir de faire semblant de sauver les apparences. Cela ne servirait à rien. Pas de noms donc et pas de numéros non plus.

Notre dernier baiser et notre dernier regard complice sont censés dire tout cela.

— Adieu.

— Et merci.

— Dans une autre vie, peut-être.

— Oui.

— Bonne chance.

— Toi aussi.

Cela ne transparaît pas, là, j'imagine, mais le sentiment d'attachement que l'on ressent après avoir passé une nuit avec quelqu'un est incroyable, je trouve. Même si ce n'est qu'une nuit. Même si l'on sait que l'on ne se reverra jamais. Surtout en fait lorsque ce n'est que pour une nuit et que l'on sait que l'on ne se reverra jamais. On sent un lien spécial avec cette personne. J'aime beaucoup cette sensation. Je suis un peu un grand sentimental, voyez-vous.

Sentimental; cos he's having one night stands? bit funny..

2

Lorsque j'arrive au bureau, les marchés financiers sont en chute libre sous l'effet de la catastrophe nippone. Les images à la télévision sont apocalyptiques. Elles sont tristes. Elles font froid dans le dos. Le nombre de victimes s'annonce colossal. L'économie de l'archipel va être durement touchée et c'est certain maintenant, cela aura des effets sur celle des autres pays aussi.

En ligne droite, le pétrole est revenu plus ou moins là où il était en début de semaine. Ramené sur terre par la froide réalité du monde concret. La vie, c'est une surprise, n'est pas qu'un jeu après tout. Cette semaine n'aura donc grosso modo été qu'une belle perte de mon temps. Cela aura surtout été une belle perte d'énergie. C'est à peu près comme si je n'avais rien fait. Bravo.

Il est possible d'ailleurs que cette semaine n'ait pas été la seule. Peut-être que celle d'avant aussi n'aura au fond été qu'une belle perte de temps et d'énergie. Ainsi que celle d'encore avant et celle avant elle et ainsi de suite.

C'est du joli. Bon, mais je le savais déjà bien sûr,

mon métier n'est pas exactement «le plus beau métier du monde». Le plus beau métier du monde, voyez-vous, c'est celui de mes parents. Ils sont profs. C'est différent.

— Simon! Mais putain, t'étais où? On est en train de se faire éclater, là!

Mon boss. Oui, je suis peut-être un peu en retard. Il est en avance lui, aussi. À cause de ce qu'il se passe, il est en avance. Il arrive plus tôt en général lorsqu'il se passe quelque chose de grave quelque part dans le monde. Moi, j'ai mal au crâne et j'ai la bouche pâteuse. Ça ne va pas du tout. J'aurais aimé un instant pour reprendre mes esprits avant de commencer la journée mais je sens que cela ne va pas être possible aujourd'hui.

— Simon, ça gerbe dans tous les sens! Putain, on fait quoi?

Image fort à propos, je trouve. Je vais vomir.

Le tremblement de terre a provoqué un tsunami, le tsunami a touché une centrale nucléaire, c'est la merde.

— Simon...

— Oui, c'est bon, une seconde!

Il me stresse. Je regarde mes écrans d'ordinateurs, tout est rouge et à la télévision ils passent en boucle des images du sinistre plus tristes et choquantes les unes que les autres. Le monde ne tourne pas rond aujourd'hui. J'ai la tête qui tourne. Je vais vomir, je vous dis.

— Mais Simon, ça gerbe, PUTAIN!

Ok. Il va falloir que je lui réponde. Il ne va pas s'arrêter sinon. Un dernier coup d'œil à mes écrans, la raffinerie d'Ichihara est en feu. Je me suis décidé :

— Écoute, on yourse tout. Ça saoule. Mais on n'a pas le choix.

«Yourser», cela vient de «yours» (le vôtre/à vous). C'est un anglicisme de trader français de Londres qui veut dire vendre. Vendre maintenant va accentuer la pression baissière et la panique mais non, nous n'avons plus le choix. On ne sait pas où, ni comment ça peut finir, ce bordel-là. Si on ne fait rien, on peut perdre une fortune. Ce n'est pas une option.

Soit dit en passant, ce con de Nick the Prick est bien à côté de la plaque maintenant, avec ses graphes débiles et ses figures Têtes-Épaules-Inversées-Sur-Enclume-Retournée et ses Frères Musulmans d'Égypte. Il va avoir une drôle de surprise lorsqu'il va se réveiller aux United States of America dans quelques heures. Si je peux me permettre. J'imagine qu'il va sûrement devoir vérifier sur Wikipedia qui sont ces braves messieurs Honshu et Hokkaido et Tsunami.

— Putain, Simon, t'es sûr?

— Ouais. Ça pue. Et on est pile aux niveaux où on a acheté de toute façon. 98 dollars. On sort.

— Bon.

— Ça a l'air d'être parti pour être un beau risk off là.

Un «risk off», c'est le contraire d'un «risk on». Quand c'est «risk on», tout le monde est optimiste et investit son fric et achète des trucs à droite et à gauche, à tort et à travers, et les prix montent plus ou moins doucement. Moi au début de la semaine, par exemple. Quand c'est «risk off», eh bien c'est l'inverse. C'est tout. Les gens ont peur et se débarrassent de ce qu'ils ont, défont ce qu'ils ont fait et les marchés retombent comme de vulgaires soufflés absurdes et pathétiques.

— Merde, Simon, ça fait chier quand même.

Mon boss est fort. Il n'y a pas de doute là-dessus. Que ce soit clair. Mais il a perdu l'habitude de ces choses-là. Je veux dire, il a été le boss depuis trop longtemps. Il panique facilement maintenant. Il n'est plus celui qu'il était avant. Un peu comme un révolutionnaire qui se serait embourgeoisé avec l'âge, si vous voulez.

Mais moi, ce n'est pas pareil. Je n'ai rien encore et j'ai tout à prouver. Il faut que je réagisse vite et bien lorsque les choses vont mal comme aujourd'hui. Il faut que je reste rigoureux.

Ça fait chier, oui peut-être, mais encore une fois, je n'ai plus le choix.

Je m'assois à mon bureau, décroche froidement mon téléphone, tapote et donne deux ou trois ordres et en dix minutes, je me suis débarrassé de mes barils de brent.

Voilà.

C'est fini. Comme ça avait commencé. Sur un coup de tête.

Cela aurait pu être pire, à vrai dire. J'aurai pu perdre de l'argent. Mais je n'ai pas perdu d'argent, et entre nous, c'est bien là l'essentiel.

J'aurais pu en faire, c'est sûr, mais encore une fois, je n'avais à peu près qu'une chance sur deux et j'aurais pu en perdre aussi. Alors bon. Je peux m'estimer heureux.

Je continue de regarder, indifférent maintenant, le prix du brent gigoter dans tous les sens, seul sur mes écrans. Il peut bien faire ce qu'il veut dorénavant. Je m'en fous. Je ne lui suis plus émotionnellement lié.

En revanche, contrecoup habituel, je me sens brusquement un peu triste. Je veux dire, c'est tout de même comme une sorte de séparation, quelque part. On vient de faire un bout de chemin ensemble, tous les deux, le brent et moi, j'aurais aimé que cela finisse autrement entre nous. C'est triste.

Lorsque j'ai fini, je me lève. Dépité. Un brin abattu. Cette semaine n'aura vraiment servi à rien.

— Ah, au fait, Simon?

Je me retourne, soudain excédé. Il ne peut pas avoir un peu de respect celui-là, non?

— Quoi maintenant?

— Nan. Rien. T'es sorti hier?

— Moi? Ouais. Un peu.

— Ok. C'est ce que je me suis dit.

Je ne sais pas ce qu'il me veut mais peu importe. Il me faut un Coca. Il n'y a que cela qui puisse me sauver. Un Coca. C'est parfait le Coca, lorsque tu as la gueule de bois, la bouche pâteuse et l'estomac en vrac. Oui, c'est exactement ce qu'il me faut.

Les Anglais ont d'ailleurs aussi un autre remède fantastique pour le même mal. Ils appellent ça l'English Breakfast. Des toasts de pain de mie, deux tranches de bacon grillé et gras et de la «Brown Sauce» (à base de Marmite – prononcer «marmaillte»). Terriblement mauvais mais d'une efficacité inégalable. Je jette un coup d'œil à ma montre. Il est encore temps d'aller à la cantine. J'y vais.

— Simon?

— Mais QUOI, putain?

Et il s'arrête un moment, avant de reprendre gravement:

— Laisse tomber cette nana, va. Trop compliqué votre affaire. Ça ne vaut pas le coup de se prendre la tête à ce point.

— Hein? Mais de quoi tu parles à la fin? Je suis pas d'humeur, là.

— Bah j'imagine que ce n'était pas pour moi, ton texto, hier, à 3 heures du mat: «*Elena, you know what, fuck you. Go to hell.*»

Et là, je me souviens.

Merde.

Les textos. Un peu avant de repartir avec Charlize, quand je me sentais invincible et tout, sur le toit du monde.

Quel con.

Fait chier.

Je grommelle un truc inintelligible et sors de la salle en vitesse. Dans quelle galère je me suis encore foutu, moi? C'est pas possible ça.

Heureusement il semblerait que je me sois marché dessus. J'ai envoyé à Elena ce qui était destiné à mon boss et vice versa. J'ai eu chaud.

Enfin. C'est vrai que d'un autre côté, j'avais décidé de démissionner et de tout plaquer hier, cela paraissait même être une bonne idée, hier. Une idée à la fois juste, nécessaire et salutaire. Une grande idée.

Mais j'étais énervé hier. Je ne le suis plus aujourd'hui. C'est différent. J'ai connu Charlize entre-temps. Elena m'est plus ou moins sortie de la tête, je n'ai toujours pas appelé Julien, j'ai revendu mes barils de brent. Je ne sais pas, c'est compliqué.

Et puis j'ai encore cette saleté de mal de crâne, alors ce n'est pas idéal non plus pour prendre ce type de grande résolution un peu lourde de conséquences diverses et variées.

J'arrive à la cantine.

Démissionner. C'est tentant tout de même.

Je veux dire, il est difficile d'arguer du contraire, mon boulot est assez inutile dans son genre. Il est plutôt amoral. Il peut même facilement paraître contre-productif et nuisible à certains. Ce ne sont pas là des points extrêmement positifs. J'en conviens. Présenté comme cela, c'est un boulot de merde.

Certes.

Allez hop. C'est fini. Sans compter que si je me barre,

je pourrai faire autre chose. Je pourrai faire quelque chose de mieux.

Deux collègues sont dans la queue devant moi.

Quelque chose de mieux. Ce ne doit pas être très dur à trouver non plus. Il ne s'agit que d'un métier après tout. Ce n'est rien d'autre qu'une manière contractuelle d'occuper son temps en échange d'une compensation financière, elle aussi contractuelle. Au fond, c'est d'ailleurs ce que je fais ici. Je ne fais rien d'autre ici. Non. Je fais rien d'autre ici.

Je demande deux toasts grillés avec du bacon et de la Brown Sauce, à la serveuse – Magda, elle est polonaise.

C'est vrai ça. Je ne fais rien d'autre, ici, qu'échanger mon temps contre un salaire. Oui. Et puis il ne faut pas perdre de vue non plus que tout critiquable soit-il, ce maudit métier est bien loin d'avoir le monopole de l'absurdité et de l'immoralité. Il a par exemple l'avantage d'être honnête. Il est légal et est encadré par des règles strictes. On n'est pas censé faire complètement n'importe quoi lorsque l'on exerce ce métier-là. Et puis il est intéressant. C'est surtout cela, au fond. Le fait qu'il soit intéressant. «Challenging», comme disent les Anglais.

Je paye et repars. Je marche lentement pour ne pas rattraper mes deux collègues. Je n'ai pas envie de leur parler. Cela risquerait de précipiter ma décision.

Mais bon. Soyons honnête. Le problème évidemment, c'est surtout qu'il est bien payé, ce métier à la con.

Pardon. Je voulais dire extrêmement bien payé. Il est extrêmement bien payé. Et en plus, il est glamour et excitant et il donne le sentiment de vivre la vie à cent à l'heure. Cela compte aussi. Ça fait beaucoup de points positifs au final.

Entre cela et être consultant, avocat, dentiste, notaire ou ingénieur ou juriste en entreprise, je ne suis pas convaincu. C'est ce que je veux dire.

Mes collègues devant moi ne marchent pas très vite. Ils discutent de la scolarité de leurs gamins. Celle-ci coûte cher. Très cher.

Après bien sûr, on a beaucoup parlé de mon métier ces derniers temps. On en a beaucoup parlé notamment parce qu'il s'est vu imputer la responsabilité de la crise. C'est bien. Il n'est après tout pas totalement innocent. Mais ce n'est pas aussi simple que cela non plus. Je veux dire, cette satanée crise n'est pas l'unique responsabilité d'une poignée d'hommes maléfiques et cupides, employés dans de grandes banques internationales. Aussi prétentieux et endoctrinés ces derniers puissent-ils parfois être. La vérité est plus complexe et nuancée. La vérité est toujours plus complexe et nuancée que ce que les gens veulent bien penser de toute manière.

Je marche lentement.

D'ailleurs, si vous voulez mon humble avis, le but de toute société juste et saine devrait être en priorité d'assurer le maximum de prospérité collective. Elle devrait faire cela tout en protégeant les plus faibles et en assurant au mieux l'égalité des chances. C'est ça, la base, à vrai dire.

Oui!

C'est ça. Je relève la tête. C'est ça, la clé.

Il faut <u>assainir</u> le système. Il faut le <u>refonder</u>, le <u>repenser</u>, le <u>restructurer</u>, il <u>faut</u> tout mettre à plat et <u>tout</u> reprendre. Revenir à <u>l'essentiel</u>, <u>aux principes fondateurs</u>, <u>aux valeurs originelles</u>. C'est moi qui souligne.

Je marche plus vite.

Oui!

Il s'agit de procéder par étapes. Pas à pas. Sans s'affoler. Reposer les bases. Le tout, c'est d'être méthodique. Cartésien. Organisé. Je devrais y arriver.

C'est parti, je relève la tête encore un peu plus, respire à pleins poumons, avance droit, regarde au loin. Je crois que je tiens quelque chose, là.

Je vais CHANGER LE MONDE.

Bon.

Cela peut prendre un peu de temps, par contre.

Je sais. Je suis au courant, je ne suis pas bête, merci. Un peu trop de temps peut-être pour moi tout seul? Peut-être. Ok. C'est bien possible. C'est sûr, même. <u>Je commence par où, moi, d'ailleurs, merde, ça fait chier</u>, je ne sais déjà plus.

Je baisse brusquement la tête et expire bruyamment. Comme un ballon de baudruche que l'on aurait lâché sans l'avoir attaché, et qui s'envole tout d'un coup et pétarade et se dégonfle et finit par retomber pitoyablement un peu plus loin. Vide.

Ça commence à me saouler, d'ailleurs, cette histoire de démission. Je sens que je ne vais pas y arriver. J'en ai déjà marre. C'est fatigant. J'ai mal au crâne, j'ai mal au ventre. Mais surtout je dois partir à Vegas et j'ai besoin d'argent pour ça. J'ai même besoin de beaucoup d'argent. Vegas, sans argent, ce n'est plus vraiment Vegas, voyez-vous. C'est nul. J'aimerais bien vous y voir, moi, à Las Vegas sans un rond.

J'arrive à mon bureau, avec mon Coca et mon pain de mie à la Marmaillte, perdu dans mes pensées. Je suis d'une humeur exécrable et plus que jamais je ne sais pas quoi faire.

— Je me casse tôt aujourd'hui.

Mon boss sursaute presque.

— Hein?? Aujourd'hui? Mais t'es fou! T'as vu ce qu'il est en train de se passer, là?

— Je ne reviens que mardi matin aussi. Je vais aux US pour le week-end. J'ai besoin d'un break, là. J'en ai ras le cul.

Sous-entendu : «Si tu n'es pas content, c'est pareil.» S'il me cherche, j'ai déjà ma réponse toute faite. Ce serait bien qu'il me cherche, d'ailleurs. Cela simplifierait mon problème une bonne fois pour toutes et je serais tranquille.

— Ah ? Euh. Bon. Tu vas où ?

— Vegas.

— Bon, bon…

Il me regarde, inquiet, et continue :

— Ok.

Je ne réponds pas. Il est soudain plus inquiet, cela se voit, et il se dit qu'il serait peut-être bien de m'encourager un peu. Histoire de me remonter le moral.

— Tu as vu au fait ? On est passés sous les 90 dollars. Tu as eu raison, on se serait bien fait déchirer si on n'était pas sortis. Good call.

— Oui.

Et je m'assois et il me tape sur l'épaule. Il n'a pas envie que je lui claque entre les doigts, voyez-vous. Il a besoin de moi, mon boss. Il a pris l'habitude de travailler avec moi. Et puis il m'aime bien aussi. Ce qui est réciproque, d'ailleurs. On forme une équipe après tout. Il se doit de veiller sur moi dans les moments difficiles.

— Nan, vraiment, bien joué, Simon.

Il sourit et puis s'éloigne pour me laisser un peu d'espace mais continue de me regarder du coin de l'œil.

— Tu vas bien te marrer à Vegas.

Et comme je ne réponds toujours pas :

— La semaine prochaine sera une autre histoire. Ne t'en fais donc pas. On aura plus de chance la semaine prochaine. Ce n'est pas grave.

Je ne l'écoute plus.

J'aurais pu démissionner là, j'imagine. Je veux dire, si je l'avais vraiment voulu. Cela aurait même été le moment idéal pour démissionner. Peut-être d'ailleurs qu'une seconde, mon boss s'était dit que j'étais sur le point de le faire. Peut-être que sans sa tape sur l'épaule à la fois amicale, paternelle et complice, sans ce contact physique, je l'aurais fait. Je crois que j'aurais pu en être capable.

Mais non. Je vous l'ai déjà dit, pourquoi moi, à la fin ? Ce système me dépasse complètement. Il me dépasse de la tête et des épaules et soyons honnêtes, cela ne changerait rien de toute manière, que je démissionne ou non.

Alors bon.

Il faut du courage pour se révolter et s'élever ainsi au-dessus de ce maudit système. Ce n'est pas facile. C'est un acte de rupture fort. Le système est complexe. Il est bien organisé, têtu, il serait capable de te rattraper plus loin, le salaud. Il faut être sûr de soi, quoi.

Mais surtout il faut être drôlement intelligent et solide et honnête aussi pour que son combat ou sacrifice soit utile et ne soit pas une simple excuse pour ses propres choix ou échecs. Il faut se battre, cela n'est pas donné à tout le monde. Je n'en connais pas beaucoup en fait, des gens qui ont le courage et l'honnêteté nécessaires. Non. La vie est déjà suffisamment compliquée comme cela. Alors chacun fait de son mieux et l'on prend ce qu'on peut, et puis si l'on arrive à en profiter un peu au passage, eh bien c'est toujours cela de pris.

C'est ce que je pense du moins.

Quoi qu'il en soit, je vais moi d'abord me faire une place au soleil. Puis lorsque j'aurai trouvé un carré de sable où poser ma serviette, j'essayerai peut-être de faire davantage et de faire mieux. Enfin. Si j'en ai encore la force et le temps.

Mais je n'en suis pas là, voyez-vous.

J'en suis toujours à chercher où la poser, ma satanée serviette, et croyez-moi, il y a déjà beaucoup de monde allongé au soleil, à se dorer la pilule. C'est pire que la Côte d'Azur en plein mois d'août. C'est infernal.

J'en suis surtout là de mes puissantes réflexions philosophiques révolutionnaires, au moment d'enregistrer mon bagage à main pour Las Vegas, Nevada. J'en suis aussi à stresser parce que j'ai peur qu'il soit trop gros, mon bagage à main, et qu'ils me forcent à le mettre en soute. Et je n'ai pas du tout envie d'avoir à l'attendre à l'arrivée. Mais alors pas du tout envie. Il n'y a rien de plus horripilant que d'attendre son bagage à main sur un tapis roulant dans un aéroport de l'autre bout du monde. Alors que c'était un bagage à main, justement. Il met toujours une éternité à arriver. Quand ils ne l'ont pas perdu.

Il est passé. Je me détends.

Je montre ma carte d'embarquement. Seb est à côté de moi. On vérifie mon passeport.

C'est un vol Virgin Atlantic. Les hôtesses de l'air de Virgin Atlantic sont de belles femmes en combinaisons rouges ultra sexy (le rouge est la couleur de la compagnie). Ils passent de la musique relaxante dans le hall d'attente. Les hôtesses sourient. Elles sont payées pour.

Nous sommes sur le point de décoller. Je m'assois. Les moteurs sifflent. On m'offre une flûte de champagne.

Encore une fois, il n'y a rien comme les pool parties de Las Vegas, Nevada. Elles sont incroyables. Et encore une fois, j'ai entendu dire ici et là que l'on ne vivait qu'une seule fois, alors j'en profite et puis c'est tout.

Je ferme les yeux. On prend de la vitesse. Je verrai bien la semaine prochaine de toute manière.

L'avion s'envole.

C'est parti.

Composition Entrelignes (64)
Achevé d'imprimer
par la Nouvelle Imprimerie Laballery
à Clamecy en juin2012
Dépôt légal : juin 2012
Numéro d'imprimeur : 206095

ISBN : 978-2-07-013847-0

Imprimé en France

245024